AURÉLIE

ET

AUTRES FEMMES SANS NOM

Conception visuelle : Denis Couchaux
Mise en page intérieure : Anne Fragonard-Le Guen

L'auteure a bénéficié pour l'écriture de cet ouvrage d'une bourse de création de la Région Bourgogne-Franche-Comté.

Éditions Thierry Marchaisse
221 rue Diderot, 94300 Vincennes
www.editions-marchaisse.fr

LUCILE BORDES

AURÉLIE
ET
AUTRES FEMMES SANS NOM

éditions
THIERRY MARCHAISSE

AURÉLIE

Ami lecteur, amie lectrice, je vais te raconter l'histoire d'Aurélie, qui vécut au XIXe siècle et chercha à sa manière à être femme et libre. Je vais tenter pour toi une reconstitution. J'irai pas à pas, je m'en tiendrai aux faits, je n'inventerai que le strict nécessaire, le minimum vital.

Je promets d'être procédurière, à ma façon.

Avant ça, je te dois quelques mots d'explication. Si tu as lu *Je suis la marquise de Carabas*, tu connais mon histoire, tu sais d'où je viens, et que c'est en retrouvant mes ancêtres marionnettistes, les célèbres Pitou, que je suis entrée en littérature. Mais il ne faudrait pas croire que je réside au Carabas à temps plein. Je ne peux pas m'y rendre aussi souvent que je le souhaiterais. D'abord parce que j'ai plusieurs vies à mener de front, comme toi (la *de famille*, la *à gagner*, la *comme elle vient* et *l'intérieure*, parmi d'autres), ensuite parce que le voyage est long.

Il ne suffit pas de quelques heures devant soi. Le trajet n'est jamais le même, et toujours compliqué. On ne trouve pas la route tout de suite. On avance en règle générale de buisson en buisson, on s'enfonce, il faut peu de choses pour que la sente qu'on avait empruntée s'effiloche. La voiture doit faire demi-tour, le conducteur s'exaspère. La dernière fois on a tourné à ce gros genêt. La fois d'avant au chêne-liège. On croit bien qu'il y a un passage à l'angle de tel mur. On piétine. On lâche les chiens. Certains reviennent, pas tous. Ils s'agacent, se jettent les uns contre les autres, ils sont couverts de bave. Et puis d'un coup c'est la trouée, on s'y engouffre. À partir de là tout y est : le château au loin, la rivière, les champs, les moulins sur les collines et la forêt coquette. Le théâtre. On respire. On est marquise à nouveau.

Au Carabas j'ai le temps qu'il me faut. J'écris. Le Carabas est un vaste domaine. Tout ce qui s'y cueille est à moi. Tout ce qui s'y moissonne, les fruits de tous les arbres, tous les lapins de toutes les forêts. J'y décide des saisons et des cotes d'étiage. Les bonnes et les mauvaises gens qui y vivent sont mes loyaux sujets. Un petit peuple que j'ai reçu en héritage.

Au Carabas je suis chez moi. C'est entendu comme ça. Je ne dois rien à personne. Ce n'est pas la peine de me parler, je n'écoute que moi. On peut m'écrire. Je ne réponds pas. Le château ne figure sur la tournée d'aucun facteur, d'aucun livreur, d'aucun coursier. Il y a cette haie d'épines pour décourager ceux qui voudraient s'y risquer.

Un jour, pourtant, une lettre. Sous la porte glissée. Une mise en demeure. Madame X n'en revient pas que je n'aie pas parlé de la belle-mère de son arrière-arrière-grand-père dans le livre que j'ai consacré aux Pitou. Elle insinue qu'on m'a caché des choses, et se propose de m'ouvrir les yeux sur le rôle qu'a joué cette femme dans la vie d'Émile, mon arrière-arrière-grand père à moi.

On pourrait croire à une blague, mais non, il y a une logique à tout ça. La dame que Madame X souhaite réhabiliter s'appelle Aurélie et elle a été mariée deux fois : d'abord avec Auguste Pitou dont elle a élevé le fils, Émile, ensuite avec un Albert que je ne connais pas assez pour publier son nom, qui a quitté sa femme pour elle et lui a présenté ses enfants, une tripotée, dont descend Madame X.

Madame X écrit donc, en caractères tapuscrits (la lettre par son ton et sa police pourrait être anonyme, mais elle est dûment signée) :

> Dans votre roman *Je suis la marquise de Carabas* vous ne dites pas qu'Auguste Pitou n'est pas resté veuf longtemps, vous ne semblez pas savoir qu'il s'est remarié après la mort de sa première femme, et qu'Émile, leur fils, a eu une belle-mère pour l'élever…

C'est vrai, je ne le dis pas. Pour autant, l'ignorais-je ? Non. Ce n'était tout simplement pas mon propos.

Madame X n'envisage pas cette possibilité, pas une minute elle ne se dit que l'auteur choisit ses personnages, ce qu'il en écrit, ce qu'il en tait. Qu'il a cette liberté-là. Madame X est sûre d'elle, et remontée. Elle a levé un sacré lièvre : je n'ai pas parlé d'Aurélie, qu'elle connaît, elle, et dont elle pense qu'elle avait largement sa place dans mon livre.

Sa conclusion est sans appel : « Nous avons un lien vous et moi ».

Bizarrement, cette véhémence m'amuse d'abord. J'examine la lettre. Le cachet de la poste indique qu'elle a été expédiée depuis une région que je connais par ailleurs, mais où je ne crois pas que mon grand-père soit jamais allé, mon grand-père, le dernier Pitou, le chaînon qui permet à ma correspondante de revendiquer une part de l'histoire. Dans la valise de cartes postales qu'il m'a léguée – verte, en carton, avec une serrure dorée qui fait un bruit d'enfer quand on l'actionne – il y a des clichés d'à peu près partout en France, mais pas de ce coin-là.

Plus j'y pense, plus cette affirmation, *nous avons un lien vous et moi*, me dérange. Suffit-il de dire le lien pour qu'il existe ? De quel lien Madame X parle-t-elle ? De quel lien qui serait plus fort que le simple fait que j'aie passé des vacances en Bretagne, d'où elle m'écrit ? Aurélie ? Aurélie, femme d'Auguste Pitou, puis d'Albert-dont-je-tairai-le-nom, serait ce lien entre nous ? Mais Aurélie n'a jamais lié personne.

Aurélie au contraire est une femme qui délie.

À ce titre, si je devais avoir un lien avec quelqu'un, partager quelque chose, ce serait plutôt avec elle.

Car figure-toi, lecteur, lectrice, que je suis celle-là : l'autre. Celle par qui tout arrive, et d'abord le mauvais. Celle qui sépare ceux qui s'aiment, la dézingueuse de foyers. La coupable. La toute trouvée.

Alors l'histoire de la sainte belle-mère qui élève les enfants d'une autre, ce n'est pas à moi qu'on la fait.

- 1 -

Aurélie naît dans l'Eure en 1846. Son père est charbonnier. C'est la dernière de sept enfants, un genre de Petit Poucet.

À dix-huit ans, en 64, elle épouse Auguste qui est veuf, a l'âge de son père, et un fils, Émile.

À vingt-six ans, en 72, elle lui donne en donne un second, Paul.

À trente-quatre ans, en 80, elle les quitte.

Réapparaît en 82 pour séduire Albert qui l'emmène à Paris avant d'y faire venir les enfants de sa première femme.

Visite en 89 l'Exposition universelle.

Finit seule, sans doute, on ne sait pas quand.

Tous les trois ans un enfant naît, et meurt.

Il n'y a que Paul qui lui résiste.

- 2 -

Aurélie s'est occupée des enfants des autres.

Des siens, d'une manière ou d'une autre, elle n'a pas pu. À croire qu'elle n'était pas faite pour être mère, mais marâtre. Une curieuse spécialité, apprécie Madame X.

Je me demande si Madame X a des enfants. J'entends bien son besoin de justice, de reconnaissance. Elle prend soin de noter que ça n'a pas dû être facile. Être *un substitut de mère* (ces mots sont les siens) quand dans le même temps on ne peut pas l'être soi, *sinon d'enfants morts* (c'est moi qui souligne), c'est héroïque.

Madame X ne semble pas au courant pour Paul.

Paul a huit ans quand Aurélie abandonne le foyer conjugal.

Émile son beau-fils la traite de traînée.

- 3 -

Il n'est pas dit qu'Émile ait jamais aimé sa belle-mère. Et la proposition inverse, Aurélie a-t-elle un jour aimé Émile, a-t-elle seulement essayé, est plus incertaine encore. De quel amour parle-t-on ? Quel est le lien, ici, entre ces deux êtres qui aiment le même homme, comme mari, comme père, deux êtres qui ne se sont pas choisis et que rien n'aurait poussés l'un vers l'autre ? Ils vont vivre seize ans côte à côte. C'est beaucoup d'efforts. Pas mal d'abnégation. Émile lui en veut-il si fort parce qu'il s'est cru aimé et qu'elle l'abandonne, lui aussi ?

- 4 -

Car contrairement à ce que croit Madame X, qui a inscrit au dos de l'enveloppe son adresse à la main, mais voici ma réponse, Aurélie n'est pas là quand Auguste meurt d'un transport au cerveau.

Émile ne perd pas à la fois un père et une belle-mère.

La belle-mère est partie il y a un an déjà, elle a écrit qu'elle allait faire la danseuse aux Folies-Bergère. Elle ne s'est pas embarrassée de Paul.

Auguste n'a rien dit.

Il n'est pas allé la chercher. N'a pas quitté les marionnettes, ni fermé le théâtre pour un soir ou deux.

Il a peut-être cru qu'elle reviendrait, ou qu'elle disparaîtrait, purement et simplement. Qu'on n'en entendrait plus parler. Mais il y a eu une âme charitable pour lui donner des nouvelles de celle qui était toujours, par la loi, sa femme. Il a appris qu'elle s'était installée avec un serveur, avait été vue avec l'agent d'une trapéziste américaine, faisait ménage à quatre avec les Amerloques et le ferronnier de la ville voisine qui venait de quitter femme et enfants pour la rejoindre à Paname.

Auguste n'a rien dit.

Qui ne dit mot consent.

Pour Émile ça ne fait aucun doute : si le divorce avait été possible, son père serait toujours en vie. Aurélie n'aurait pas pu l'humilier à ce point.

- 5 -

À l'appui de sa thèse, Émile note dans son journal qu'un an plus tard, lors de la crise qui l'emporta en une nuit, Auguste parlait tout haut et, se roulant par terre, improvisait entre autres paroles de colère et de haine d'étranges ennéasyllabes, dont deux enfermaient toutes ses souffrances et la cause de sa mort :

> Oui, Madame, après cette dispute,
> Le premier qui vient, je l'exécute.

Ils jouaient alors une pièce de Julien Daillière, *Napoléon et Joséphine.*

- 6 -

Napoléon Bonaparte et Joséphine de Beauharnais s'aimèrent follement. Surtout lui, que les infidélités de sa maîtresse rendaient fou. Il paraît que pour elle, c'était avant tout un mariage d'intérêt, mais qu'elle y trouva son compte dans le destin glorieux qu'elle pressentait chez le simple officier qu'était alors Napoléon.

Elle ne fut pas déçue.

Aurélie, si, peut-être. Elle épouse à dix-huit ans un homme de vingt ans son aîné, qu'elle voit beau, un marionnettiste de talent qui triomphe chaque soir sur la scène de son théâtre, que les gens reconnaissent, dont ils attendent les sourires, les œillades, les faveurs.

Elle est charmée de tant de charme.

Elle est belle, et encore enfant. Auguste sait bien qu'il lui faut, à son âge, chercher la jeunesse dans la jeunesse. Il tombe follement amoureux de cette petite miséreuse qui n'a pas trois sous pour assister au spectacle mais le regarde, lui, avec dévotion. Il la demande au père, sur le seuil de la cabane au cœur de la forêt, dans la fumée de la charbonnière. Le père hausse les épaules, la mère il ne la voit pas, il décide que tant d'indifférence vaut un oui.

Les premiers temps ils sont heureux sans doute, n'étaient les enfants qui ne tiennent pas. Aurélie ne fait pas grand-chose, et ça lui va bien. Elle est chaque jour plus blanche et délicieuse. D'ailleurs elle n'est pas douée pour les marionnettes. Elle s'amuse avec elles comme aujourd'hui les petites filles avec les poupées Barbie, habiller, déshabiller, peigner, chausser. Ma brosse à cheveux, mon diadème. Elle les tient par le buste, une dans chaque main, elle minaude. Émile n'a que cinq ans mais il a honte pour elle. Et pour son père, qui laisse faire. On ne traite pas comme ça les pantins, qui sont créatures sacrées. Par solidarité avec les fantoches, il se met à imiter leur attitude, leur air supérieur. Il ne supporte pas qu'Aurélie le touche. Elle le trouve très mal élevé.

Entre ces deux-là, ça démarre mal.

Elle le punit quand il répond. Elle le prive de pain (il ne mangerait que ça) quand il lui refuse un baiser. Elle l'envoie faire à sa place les commissions du ménage. Elle l'envoie chercher l'eau. Elle l'envoie se coucher de bonne heure, l'enferme seul dans la roulotte quand tous se retrouvent sous le chapiteau. Au père qui s'étonne, elle dit sourcils froncés qu'il a encore fait sa mauvaise tête, que ça ne peut pas durer. Le père en son for intérieur trouve au fils des excuses. Il n'ose pas la contredire, mais elle le sent bien.

Elle pleurniche.

Elle ne sait pas s'y prendre avec cet enfant.

Il la console.

Elle a hâte d'en avoir un à elle, peut-être qu'avec celui-là elle saura y faire.

Le bébé de 67 ne survit pas.

Le bébé de 70 non plus.

- 7 -

Il ne se passe rien dans la vie d'Aurélie.

Elle n'a rien à raconter. C'est tous les jours la même journée. Peu importe le lieu, les seuls changements sont portés sur le programme, ce soir *Napoléon et Joséphine*. Encore.

- 8 -

Napoléon se sépara de Joséphine quand il fut clair qu'elle ne lui donnerait pas de descendance. Ils divorcèrent par consentement mutuel. La formule est évidemment mensongère : il y en a toujours un qui consent plus que l'autre. Mais les apparences sont sauves et Joséphine très digne. Elle fait une Bérénice plus qu'honorable, sacrifiée sur l'autel de l'Empire. Son évanouissement, à la fin de la cérémonie, émoustille Napoléon, qui lui garde toute sa tendresse.

Malheureusement pour Auguste et Aurélie, Louis XVIII a abrogé le divorce en 1816. Il n'est pas question pour eux de consentir mutuellement à quoi que ce soit.

- 9 -

Aurélie aimerait vivre. Ça fait longtemps qu'elle attend. Elle sent confusément qu'un enfant ne lui suffira pas. Elle ne le dit pas à ses amies, qui lui répètent d'être patiente, mais comment un enfant pourrait-il d'un coup donner forme à tout ça ?

Cette vie sur place.

Et pourtant le temps passe si vite. Elle rêvait de lumière, de gloire, elle mariait un artiste, c'est auprès d'un artisan qu'elle se réveille, toujours à bricoler, réparer, passer commande et tenir comptes. Elle voulait être son propre maître, vivre plusieurs choses à la fois, devenir actrice, pourquoi pas. Elle a confondu. Ça n'est pas pour elle, les coulisses, ni le guichet. Elle a beaucoup plus d'ambition.

Auguste raconte que pour lui, c'est la roulotte qui a fait

la route, que la route n'existait pas avant que Papa Chok et son théâtre n'arrivent dans son village. Que c'est pour ça qu'il a suivi les marionnettistes. Il n'a pas l'air de se rendre compte que tous les villages se ressemblent.

Pour Aurélie tout s'indiffère. Les pantins eux-mêmes sont interchangeables. Elle ne les reconnaît pas, ne sait pas dire qui est qui. Uniforme peuplade. La vie dans la cabane de son père, au cœur de la forêt et dans la proximité des bêtes, était finalement moins prévisible.

Les déambulations du théâtre ne la mènent nulle part. Ne faut-il pas que la vie ait un sens ? Alors qu'eux, comme les insectes, reviennent sans cesse sur leurs pas et croisent et recroisent des pistes anciennes.

La blonde Aurélie n'en peut plus.

Les disputes éclatent, qui donnent l'occasion de vivre un peu.

Il faudrait se sauver, mais seule elle n'ose pas.

- 10 -

D'ailleurs, contre toute attente, Paul naît en 72 et ne meurt pas au bout de quelques heures. Celui-là prend ses parents par surprise. Ils tentent de donner le change, chacun à sa manière, l'une en prenant sur son sein le nourrisson tenace, l'autre en lui chantant pour le bercer tous les airs de son répertoire, mais le petit refuse de dormir, il se tend contre le sommeil et y entre les yeux grand ouverts, comme les pantins.

Cette particularité justifierait à elle seule qu'Aurélie ne l'aime pas. Elle a pris les marionnettes en grippe. Elles sont devenues des rivales qui aident Auguste à supporter leurs querelles conjugales, qui l'absorbent, le consolent de tout, l'isolent du mépris qu'elle lui porte désormais. Elles ont vite regagné dans son cœur la place qu'Aurélie y occupait. Il semble même à la femme de chair que les créatures de bois s'amusent à ses dépens et se moquent de sa débâcle amoureuse. Au début de son mariage, quand elle voulait suffire à Auguste, l'avoir tout entier et être à elle seule le monde de son époux, elle était jalouse des marionnettes. Maintenant qu'elle sait qu'Auguste ne lui suffit pas, ni l'enfant, les marionnettes continuent de la narguer. Ce moutard leur ressemble trop. Elle a passé l'âge de jouer à la poupée.

Elle fait semblant. Recopie ses amies.

C'est une drôle de vie que la sienne, comme endormie.

Elle attend son prince, le vrai, celui qui la réveillera pour de bon, et qu'elle suivra au bout du monde, en oubliant tout et le reste. Fils, beau-fils, mari ? Aux oubliettes !

- 11 -

Alors voilà, chère Madame X, ce que je pense de votre Aurélie : c'était une salope, une sans-cœur, une débauchée. Une abandonneuse, une meurtrière (les faits sont là), une marâtre, une pétroleuse.

Une traînée, dit Émile.

La Beauharnais à côté était un ange, ceci juste pour que vous vous fassiez une idée.

Une créature pareille n'a pas sa place au Carabas.

On a dit qu'elle était danseuse, mais la seule place qu'elle a trouvée aux Folies-Bergère, en arrivant, trente ans passés mignon minois, c'est employée de bar. Femme-tronc. À quoi sert d'avoir de si jolies jambes pour rester parquée derrière le comptoir ?

Son amant adore ses jambes, et la console en les peignant compulsivement. Contre le mur de l'atelier s'accumulent les portraits d'Aurélie haut du corps dans le vague, le blanc, et le bas à partir de la taille tracé avec force détails paraît par contraste étonnamment vigoureux, vivant, coloré. Car son amant n'est pas serveur, mais peintre, et renommé. Elle l'a rencontré dans le train d'Alençon, une fois qu'elle comptait se reposer un peu d'Auguste chez une de ses sœurs. Comme elle se méfiait des artistes (pensez !), les façons galantes du monsieur, qui s'était donné comme peintre, n'avaient d'abord pas eu l'effet escompté. Après s'être échiné en vain à lui prouver qu'il était célèbre, il l'avait finalement séduite en lui racontant ses soirées parisiennes au café-concert. Les Folies-Bergère ! C'était gagné. Aurélie écarquillait les yeux sur cet homme qui en parlait comme d'un lieu familier et lui semblait d'un coup d'un exotisme fou. Il dut tout lui décrire : les lustres lourds, les miroirs, la salle bondée, les habitués. C'était plus que son imagination de belle endormie pouvait en supporter, à certains moments le tableau qu'elle s'en faisait se brouillait, puis fuyait carrément, et elle interrompait alors son compagnon, revenait au point de départ. Les lustres ? Lourds, immenses ombrelles renversées, lumineux comme des nymphéas, et la salle dessous un aquarium, le feutre des habits jetant des reflets poissonneux. Quel tableau ! Un grand format toujours en mouvement, fascinant, dont Aurélie guettait l'esquisse sur le visage de celui dont elle allait faire son amant.

Il adore ses jambes. Quand il a un peu bu, il soutient mordicus qu'avec son œil de peintre il devine les jambes de n'importe quelle femme sous n'importe quelle jupe, rien qu'au tomber du drap, au suivi des plis. Comme s'il les voyait nues. Il en reste rêveur. Aurélie ne sait pas si c'est pour la faire bisquer ou non, elle est tellement jalouse.

Des jambes de reine. Dès que je t'ai vue dans le train, assise les mains à plat sur les cuisses, j'ai su. Leur rondeur sous la toile, à la minute j'en suis devenu fou, je la sentais au bout de mes doigts. Tu avais un air tellement sévère ! Sans la courbe de tes cuisses, jamais je ne t'aurais parlé.

Ne rentre pas chez ton mari.

Viens avec moi.

Avec les jambes que tu as.

- 13 -

Cette fois-là, elle était rentrée quand même. Elle avait essayé de rester. Elle avait accepté qu'Auguste la prenne, sans tendresse, sans ravissement, simplement parce qu'elle était sa femme et qu'elle était là. Elle était sa femme, elle était piégée. Le divorce avait été abrogé. Il ne voulait pas entendre parler de séparation de corps. Femme de, où qu'elle aille. Quoi qu'elle fasse.

J'ai un peu de mal à imaginer ça : Aurélie n'a pas de vie

propre, elle n'existe que comme *femme de, mère de*. Il y a de quoi devenir folle.

- 14 -

Le prix à payer est cher pour s'appartenir. Les femmes qui ne sont pas *femmes de* sont de mauvaise vie. Et les plus impitoyables sont les amies, les sœurs, le gynécée universel que ces gouapes trahissent de la pire des façons en s'affranchissant d'un joug dont les autres se savent complices. Aurélie ne veut pas être mise au ban. Ne serait-ce que pour Auguste, qui n'est pas un mauvais bougre, elle ne veut pas. Elle voit bien qu'il est coincé, lui aussi. Qu'il aimerait se défaire d'elle. Mais il n'a pas le droit.

Peut-être que dans le dos d'Émile, qui tombe des nues mais après tout n'est pas dans le secret de la couche conjugale, peut-être que dans le dos d'Émile, Auguste et Aurélie trouvent un accord : elle part, il ne fait rien pour la retenir ; elle part, il garde Paul ; elle part, il n'entend plus parler d'elle.

Car après tout, ce qui tue Auguste, ce sont les nouvelles qu'on lui donne d'Aurélie plutôt que son départ.

- 15 -

Elle part donc. Sans rien dire aux garçons, conformément à l'accord qu'elle a passé avec Auguste. Le prix à payer est cher pour s'appartenir.

Un an après, elle sert des bocks et des picons. Femme-tronc, dans son enclos d'un mètre sur trois.

Son amant la quitte à la minute où elle lui apprend qu'elle est veuve. Lui non plus, à sa manière, ne veut pas d'une femme libre. Auguste ne pouvait pas imaginer que sa femme ait une autre vie que la sienne, monsieur le peintre ne supporte pas l'idée d'une relation avec une femme non mariée.

Celle qui lui mettra le grappin dessus n'est pas encore née.

Un an seulement, un an déjà. Drôle d'anniversaire.

Au fond de la salle, le spectacle bat son plein. On annonce les acrobates. Elle sourit gentiment à l'homme en redingote qui a demandé du mousseux. Ils sont rares, ceux que ne fascinent pas les jambes gainées de vert de la trapéziste américaine.

- 16 -

Au crédit d'Aurélie, on peut dire que ce n'est pas une femme intéressée. Auguste et elle se sont mariés sous le régime de la communauté universelle, après sa mort le théâtre lui revient donc de droit. Elle pourrait tout réclamer : les roulottes, les marionnettes et encore la recette de la dernière représentation. Elle n'a pas l'air d'y penser. Elle ne connaît pas la valeur de ces choses. Pour elle c'est un bric-à-brac encombrant.

Dans la lettre qu'elle envoie à Émile, elle écrit qu'on peut sans doute obtenir un bon prix en vendant le tout pour bois de chauffage. Le jeune homme, paniqué, prend ce conseil pratique pour une menace. Il cède en catastrophe, au premier venu, la roulotte et les chariots du théâtre, cache les marionnettes chez un vieil ami de son père. C'est toujours ça de moins qu'elle aura.

Aurélie écrit aussi qu'Émile veuille bien confier Paul à sa marraine, à Saint-Étienne, qui le mettra au train pour Paris.

Pour les frangins, c'est le début de la cavale.

- 17 -

Pourquoi vont-ils vers le sud ? Ils se moquent de voir la mer, cela va de soi. Ils fuient où Aurélie ne les cherchera pas. Où elle ne connaît personne.

Ils prennent le train jusqu'à Marseille, puis continuent à pied, parce qu'ils n'ont plus d'argent. Ils mangent à l'économie. Paul n'a que neuf ans. Il ne se plaint pas. Ne parle pas beaucoup, de toute façon. Il n'a jamais demandé où était sa mère. Émile le lui a dit bien sûr, une fois, il y a longtemps, mais Paul n'a pas eu l'air troublé. Le seul qui compte, dans sa vie, c'est son frère. Les adultes ne sont pas fiables, il le sait depuis le début. Sa mère n'était plus là quand il est revenu de l'école. Son père est mort sans prévenir en quelques heures. Le seul auquel Paul croit, le seul à croire en lui, lui l'enfant improbable, l'accident, c'est Émile.

Sur la route, pour gagner quelques sous, Émile peint des paysages. Un brave homme le recommande à un autre qui, écoutant son histoire, et parce qu'un jour il a été au théâtre Pitou et s'en souvient avec plaisir, a l'idée de lui demander un trompe-l'œil pour son salon. Le résultat l'enchante, il lui fait une publicité monstre. Les deux frères restent un moment chez lui, à La Bouilladisse, où Émile peint un mur de cuisine, un corridor, une salle à manger, et tombe amoureux des filles de la maison (il a bien du mal à choisir, son cœur penche pour celle qui pleure le plus à son départ, car il faut partir, il y a peut-être du travail pour lui à Toulon).

Après Toulon c'est la mer.

Émile pourrait s'embarquer pour Tunis, ou se jeter dans les flots pour en finir, mais avec Paul ce n'est pas envisageable. Les frangins s'arrêtent, ils sont arrivés.

- 18 -

Malheureusement, le directeur de théâtre qui devait embaucher Émile se dédit. D'ailleurs Émile lui trouve un drôle d'air. Il trouve un drôle d'air à tous les gens du Sud, n'est pas loin de penser que ce sont des canailles.

Il y a cependant des exceptions. Un certain Daumas par exemple, de l'autre côté de la rade, en charge de l'entretien des forts et des embarcations maritimes. Celui-là le sauve après un énième refus du côté des ateliers de construction navale. Émile apprend le métier auprès de ses camarades, tous italiens (hormis un Provençal qui se méfie de lui). Lorsqu'il ramène Paul, les Italiens leur trouvent une pièce dans une maison du quartier miséreux où ils vivent tous. Ils ne demandent pas ce que fuient ces garçons, le grand et le petit. De toute façon ça ne servirait à rien, ils parlent un mélange de provençal et de piémontais que les deux frères ne comprennent pas. Paul va à l'école avec leurs enfants. Il rentre, fait ses devoirs, regarde la rue, prépare la table. Émile arrive avec les hommes, onze heures de travail pour trois francs cinquante. Après le repas il s'endort comme une masse, il n'a même pas le temps de penser aux filles de La Bouilladisse.

Ils sont bien planqués. Aucune chance que cette sorcière d'Aurélie les trouve.

- 19 -

Veuve ! Ça veut dire être de nouveau dans les rails, ça, non ? Récupérer un statut honorable, redevenir une honnête femme ! La liberté en plus !

Il va de soi qu'Aurélie ne se lance pas aux trousses des fuyards. Pourquoi s'encombrerait-elle de Paul quand enfin, enfin ! elle existe, Aurélie D., veuve Pitou. Protégée par le nom du défunt. Munie d'un talisman qui proclame partout : j'ai fait ce qu'il fallait, j'ai connu le mâle dans un cadre légal, j'ai payé ma dette à la société, j'emmerde avec force et en toute légitimité la cohorte des bien-pensants.

La vie commence enfin ! Aurélie ne dépend plus de personne, en éprouve une sorte de vertige, ne pense qu'à ça. Debout derrière son comptoir, elle regarde sans les voir les clients attablés. Sous les lustres lourds ils oscillent comme des herbes aquatiques, étranges créatures aux jambes prises, et ses jambes à elle fourmillent, la liberté bat dans ses veines à lui faire mal. Dans le brouhaha de la salle, elle pourrait crier sans qu'on l'entende, elle ouvre la bouche et la referme, elle ne sait pas s'il faut hurler de joie ou de rage.

Puis elle se fige. Son ancien amant vient d'entrer, une femme à son bras. Il la salue. La femme lui jette un regard vide. Elle est aussi brune qu'Aurélie est blonde, et quand elle retire ses gants c'est comme si elle giflait la serveuse, mains nues sur le marbre du comptoir.

Si elle avait un pistolet, Aurélie D. ferait feu sur le couple. Sur la femme d'abord, pour qu'il ait le temps d'avoir peur.

Elle ne peut pas s'empêcher de les regarder. Elle prend les commandes machinalement, sans les quitter des yeux. Un monsieur s'en offusque, eh bien ma jolie, on n'est pas très joviale, ce soir. Il n'est pas méchant. Il pique une rose sur son décolleté et lui laisse un bon pourboire.

Elle reste immobile. La rose sent un peu, la rose bien sûr, et la fleur coupée.

C'est l'heure du spectacle. L'acrobate s'avance. Aurélie attrape sous le comptoir la bouteille de vitriol, en remplit une mignonnette qu'elle enfouit sous sa jupe.

- 20 -

Le midi, monsieur le peintre prend une collation dans sa chambre, de l'autre côté du palier. Il passe d'une porte à l'autre sans prendre la peine de les fermer. Elle n'a qu'à se glisser dans l'atelier par l'entrebâillement. Elle va droit aux œuvres appuyées contre le mur du fond, toute une galerie de toiles où elle pose nue, le haut du corps noyé dans la lumière, les jambes au contraire dégagées, sur fond mat, le soleil blond du sexe entre les deux comme une écume, elle les découpe au couteau avec une précision de bonne ménagère habituée à écorcher les lapins, dépèce depuis l'aine jusqu'au talon, les lambeaux de toile font comme des peaux quand elle les fourre dans son sac. Ses jambes n'appartiennent qu'à elles.

Sa besogne achevée, elle se retourne et considère, sur le chevalet au centre de la pièce, l'autoportrait auquel travaille son amant. Elle s'avance et lui lance à la face un jet de vitriol. Le visage peint devient d'un coup, sous l'effet de l'acide, extrêmement vivant. Il se décompose avec un réalisme morbide. Les yeux se creusent, la bouche bave, la chair du visage cloque et crève. Aurélie recule, effrayée. Elle quitte l'atelier sans voir, près de la porte, à demi cachée sous un drap, la dernière grande toile du peintre : une jeune femme blonde immobile derrière son comptoir, une rose trop mûre piquée entre les seins, les yeux perdus, la bouche close. Derrière elle la salle du café, d'un bleu d'aquarium, se reflète trouble dans un grand miroir. Les lustres sont des fleurs d'eau tremblantes.

- 21 -

Aurélie n'est pas d'une originalité folle. Au XIXe siècle, le vitriol est fréquemment utilisé dans les affaires de crime passionnel. « Encore un drame du vitriol », titrent les journaux. C'est l'arme des exaltées : amoureuses éconduites, femmes jalouses, épouses humiliées. L'amant découvrant son autoportrait ravagé comprend tout de suite à quoi il a échappé. Le saccage est signé (sur chacune des toiles lacérées il manque les jambes de la malfaisante), mais il ne se rend pas au commissariat de police, contrairement à ce que sa mère réclame à grands cris : il juge que le plus sûr est d'en rester là.

La nuit suivante, il fait un cauchemar atroce, dans lequel Aurélie vient le vitrioler. Pour se protéger, il lève le bras devant son visage d'un mouvement si brusque qu'il en tombe à la renverse, se blesse à la jambe, qu'on lui ampute sur-le-champ. Le réveil, heureusement, vient le sauver.

C'est une drôle d'époque. Les femmes sont si peu considérées que si Aurélie (pour d'obscures raisons) n'avait pas choisi la version *soft* du drame du vitriol en bousillant le portrait plutôt que l'homme, elle aurait quand même eu toutes les chances d'être acquittée.

Imaginons en effet qu'elle ait ce jour-là trouvé son amant dans son atelier et l'ait pour de bon aspergé d'acide. Les circonstances plaident en sa faveur : le peintre ne l'a-t-il pas subornée, n'a-t-il pas abusé de son innocence, de sa naïveté provinciale ? Ne lui a-t-il pas promis monts et merveilles, ne l'a-t-il pas incitée à quitter le foyer conjugal, n'est-il pas allé jusqu'à l'aider à s'installer dans une chambrette pour en jouir à sa guise et l'abandonner un an après seulement, au moment précis où, devenue veuve, elle espérait régulariser leur relation ? La jeune femme n'a pas supporté d'être rejetée, elle qui avait toujours pris soin, derrière son comptoir, de cacher ses jambes. Elle est montée jusqu'à l'atelier dans l'intention de se venger en abîmant les œuvres auxquelles il tenait tant, c'était ça qu'elle avait envisagé pour lui faire du mal, pour ça le vitriol, jamais elle n'aurait pensé qu'il surgirait dans la pièce et tenterait de s'interposer… On ne peut pas parler de préméditation. Le vandalisme était prémédité, pas les coups et blessures. On ne condamne pas aux travaux forcés pour un tableau malmené. Acquittée.

Imaginons même qu'il meure, ce maladroit de peintre (il tombe emporté par le mouvement de recul qu'il fait pour éviter le vitriol, se blesse à la jambe, exactement comme il l'a rêvé, la gangrène le gagne, *paf*, son compte est bon). Coups et blessures ayant entraîné la mort sans intention de la donner. Aurélie s'en tire encore (à l'audience en pleurs et se tordant les mains elle assure qu'elle regrette).

Personne pour se dire que ça fait quand même 2 – 0 pour Aurélie.

C'est l'intérêt de ne pas tuer sur le coup.

Auguste meurt de chagrin un an après son départ.

La gangrène a raison du peintre quelque temps après leur séparation.

Son truc, à Aurélie, c'est la mort lente.

- 22 -

Aurélie sait bien qu'elle ne retournera pas travailler aux Folies, ni ce soir, ni demain. Elle fait comme si elle n'avait encore rien décidé, elle se laisse un peu de temps, mais c'est tout bonnement impossible.

Elle se lave les mains.

À cette heure le soleil est dans l'axe de l'unique fenêtre de sa chambre. Elle le sent sur son dos, à travers l'étoffe de sa robe. Sa chambre, son dos, sa robe, tout ici lui appartient. C'est pourtant la fin de quelque chose. Elle est seule. Elle entrevoit peut-être qu'elle le sera toujours. Elle se demande comment font les autres.

Les autres femmes.

La marraine de Paul, par exemple, qui sait toujours ce qu'il faut faire. Chère Philomène. La seule véritable amie qu'elle ait jamais eue. Elles se ressemblaient, gamines, avaient les mêmes jeux, s'asseyaient côte à côte en classe. Au moulinage aussi, où la main-d'œuvre était exclusivement féminine parce que le travail de la soie nécessitait plus d'habileté et de vigilance que de force physique, elles s'étaient arrangées pour faire équipe et partager le même dortoir. Le contremaître était un butor, mais à deux elles savaient parler, et se défendre. N'empêche qu'Aurélie a envie de se rincer la bouche, rien qu'à penser à ce salopard-là. Toutes ces filles, ces fillettes (certaines avaient moins de treize ans), et un seul homme. Il s'amusait à faire peur, à menacer, si tu veux garder ta place, petite, va falloir voir à obéir, il aimait bien les humilier, ça le rassurait, personne te demande de comprendre, y'a rien à discuter, c'est le règlement. Et le règlement, c'est moi.

Elles arrivaient le lundi matin, travaillaient toute la semaine, repartaient chez elles le samedi après le travail. Un franc quarante la journée de treize heures dans la chaleur et l'humidité d'un atelier aveugle, treize heures à préparer le fil de soie pour le tissage, rattacher les bouts cassés, surveiller les bobines, Émile chez Daumas à la réparation des navires, en comparaison c'est Byzance (ça, Aurélie n'en sait rien, elle n'a aucune idée de l'endroit où se trouvent les garçons et de comment ils survivent, elle n'a même pas commencé à y réfléchir).

Le moulinage, à Dunières comme ailleurs, tenait davantage de la prison que de l'usine. Pour toutes les « pensionnaires », les sorties étaient contrôlées, et le règlement précisait non seulement les horaires du travail et des pauses, mais aussi l'heure du lever, celle du coucher, et de la toilette. Il fallait prier toutes ensemble, matin et soir. C'est à

Dunières que Philomène et Aurélie se sont promis d'être témoin l'une pour l'autre à leur mariage respectif, et également d'être la marraine de leur premier enfant (autant dire que l'aîné de Philomène a une marraine un peu atypique, mais ce qui est fait est fait, on ne change pas de marraine comme ça).

Aurélie regarde l'heure, rien ne presse, le soleil s'attarde. Elle se fait couler un bain. Car dans sa petite chambre, sa petite chambre dont son amant le peintre avait fait un temps, avant de la connaître, une garçonnière au goût moderne, il y a malgré l'exiguïté du cabinet de toilette (à peine plus large et profond qu'un placard, fermé d'ailleurs par les mêmes portes pleines que celles de l'armoire taillée dans l'autre moitié du mur) une baignoire à col de cygne.

Que Madame X ne me demande pas comment je sais tout ça. Qu'elle songe que j'ai tous les droits.

- 23 -

À Dunières, en 1863, les huit cents ouvrières du moulinage ont fait grève pendant près d'un mois pour obtenir l'annulation d'un nouveau règlement plus coercitif encore que le précédent et la diminution d'une heure du temps de travail. C'est la première grève de l'histoire du moulinage. Karl Marx lui-même est épaté. La Première Internationale, fondée à Londres l'année suivante, devra donc compter avec les femmes.

Avec les femmes comme Philomène, en tout cas. Pour Aurélie, c'est une autre affaire. Ce qu'elle découvre dans la grève, elle, la grève qu'elle suit assidûment comme les autres, ce n'est pas le socialisme, ni même le goût de la lutte ou le dépassement de soi dans l'engagement collectif, mais plutôt l'expérience grisante de la liberté, la sensation d'exister. Peu lui importent les idées et les grands discours sur le travail. Peu lui importent les différentes versions du règlement et même de travailler une heure de plus ou de moins. Elle n'a pas de lecture politique de leur mouvement. Rien n'est en soi inadmissible sur le plan des valeurs. Il y a ce qui est, et ce qui n'est pas. Elle serait du genre à hausser les épaules, si elle ne voyait ses compagnes transfigurées, épanouies par l'action, visibles d'un coup, occupant de toute leur chair de femme l'espace public, débattant au café, leurs voix et leurs corps au café, la popote dans la rue et les gens du coin qui offrent de quoi améliorer l'ordinaire, timidement d'abord, puis lancent une souscription. Aurélie n'avait jamais vu ces femmes. Elle les connaissait, bien sûr, plus ou moins (elles sont tellement nombreuses), mais elle ne les avait pour la plupart jamais envisagées comme des personnes. Les prénoms s'incarnent, les silhouettes se lestent, les traits se précisent et les détails surgissent, les détails, aucune ne ressemble à l'autre, c'est la première fois qu'Aurélie les regarde vraiment. Elle peut penser à chacune d'elles indépendamment des autres, indépendamment du poste au moulinage, indépendamment du dortoir. À considérer ainsi les femmes de Dunières, Aurélie se sent unique. Elle apprend du mouvement de grève qu'elle n'est pas que la partie interchangeable d'un tout (membre d'une famille, ouvrière du moulinage, citoyenne de seconde zone), mais un tout elle-même, dont l'intégrité, pour fragile et discrète qu'elle soit, mérite d'être défendue.

Ainsi, alors que Philomène, la lutte gagnée, retourne au travail persuadée qu'il sera l'outil de l'émancipation féminine, Aurélie décide de vivre sa vie, c'est-à-dire (dans son esprit) de prolonger le plaisir d'être soi, un petit tout, libre et indépendant des touts plus gros qui guettent.

L'année qui suit la grève au moulinage, elle épouse Auguste parce qu'elle n'a pas le sou et voit dans la vie d'artiste la possibilité d'être quelqu'une.

Avec le succès que l'on sait.

- 24 -

Et la voici, seule dans son bain. Elle a vitriolé son amant (ou tout comme). Elle n'ira pas aux Folies-Bergère ce soir. C'est peut-être le bon moment pour récupérer Paul, aller le chercher à Saint-Étienne, s'il n'est pas chez Philomène il ne doit pas non plus être bien loin.

- 25 -

Est-ce qu'Aurélie appelle Paul par son prénom lorsqu'elle pense à lui ? Est-ce qu'elle ne dit pas plutôt « l'enfant » ?

Elle ne veut pas vraiment récupérer l'enfant. Elle fait juste ce qui lui semble devoir être fait, écrit ce qu'il faut, ce qu'on attend d'une mère. Elle sait bien qu'elle est partie, et qu'une lettre ne rattrape pas tout, ne trompe personne, mais parfois elle s'en sent capable, parfois elle y arrive, à faire comme les autres, à être là où on l'attend.

Ce n'est pas qu'elle ne voie pas ce qui est bien, ce qui est mal ; elle sait faire le partage entre ce qui est convenable et ce qui ne l'est pas. C'est juste qu'elle ne tient pas en place. Elle a du mal à se situer dans le corps social, et plus on tarde à le faire, plus c'est difficile, tout le monde sait ça. Son veuvage est inespéré, de ce point de vue, une sorte de dernière chance, un quasi-miracle, une place toute faite à occuper comme on est, les gens sont bien moins regardants quand ils savent à quoi s'en tenir, une veuve, c'est une veuve, bien sûr il y en a des joyeuses, mais veuves quand même, et les vaches seront bien gardées.

- 26 -

De toute façon, personne ne sait où sont les garçons. Pour se donner une contenance, Aurélie parle d'enlèvement. Émile n'a aucun droit sur Paul. Mais elle ne fait pas grand-chose pour les retrouver. Le préfet de police s'en charge : Émile est appelé sous les drapeaux.

Ce dernier bataille des semaines pour faire valoir qu'il est le seul soutien de son frère orphelin et être exempté, mais la famille qui les a accueillis à La Bouilladisse lui fait savoir que sa feuille de route l'attend à la gendarmerie. Il faut partir.

Daumas le paie en or et signe son livret d'ouvrier. Les Italiens l'accompagnent à la gare, qui n'est pas tout près. L'un porte Paul sur les épaules, les autres ont soulevé la malle, et ils ont encore le temps d'un dîner d'adieu sur le talus au bord du quai. Émile s'attendrit sur le verre de vin qu'ils lui offrent avec les radis et le fromage.

Ensuite on s'embrasse.

Il a deux jours pour placer son frère.

- 27 -

Extrait du journal d'Émile :

Il n'y avait pas de temps à perdre.

À La Bouilladisse, dans cette maison amie où j'avais été heureux, je commençai donc à trier les affaires de mon frère d'avec les miennes. Ce fut là seulement que je pleurai, à chaque chose lui appartenant que je mettais de côté j'étais forcé de m'arrêter, il me semblait que je le chassais, que je n'allais plus le revoir. Dieu puissant, me disais-je, existes-tu oui ou non ? Je perdis confiance complètement en lui, et je continuai mon ouvrage en me disant, allons va, arrive ce qui pourra, c'est fini maintenant, mon existence est brisée car je ne me sens plus de courage.

En descendant, je rencontrai Mademoiselle L. qui m'attira près d'elle, elle pleurait, elle m'embrassa, Monsieur Pitou, que vous nous faites de la peine, nous vous aimions tous, puis elle alla faire un bol de tisane.

Pour Mademoiselle M., elle était montée dans sa chambre, je demandai ce qu'elle avait, on me répondit que c'était une indigestion, j'allai la trouver, je la vis étendue sur un canapé, je compris. Je m'agenouillai devant elle et je lui pris les mains, je lui posai un baiser sur les lèvres, ses yeux étaient mouillés de larmes, tout était dit. La soirée se termina en paroles d'espérance, en se promettant de s'écrire, et de se revoir bientôt, car j'espérais me faire exempter quelque temps après mon arrivée au corps. Je m'assurai que plus rien ne manquait pour notre départ puis nous allâmes nous coucher. C'est à peine si je puis fermer les yeux.

De bon matin, on vint me réveiller, je fis habiller mon frère, puis nous descendîmes. Ce fut là que mon cœur se creva.

Je pris le paquet qui contenait le peu de linge de mon frère, je lui donnai la main, il alla embrasser toute la famille, puis nous nous dirigeâmes vers la gare.

Après avoir lu les premières pages de cette passe de ma vie, vous avez pu apprécier mon caractère, je suis aimant et sentimental, donc vous devez juger si j'ai dû souffrir, Dieu en est témoin, je vous le jure, j'ai souffert.

Dans le train je lui recommandai d'être bien sage et d'écouter attentivement ce qu'on lui demanderait. Nous arrivâmes donc à Marseille, nous nous dirigeâmes d'abord vers le commissariat central, mais avant nous nous arrêtâmes dans un café, nous ne nous parlions plus, Paul de temps en temps me disait, Émile, tu reviendras me chercher bientôt n'est-ce pas, machinalement je lui répondais oui. Je réglai ce que je devais, je donnai dix centimes d'étrennes au garçon, et je commençai à remplir les démarches que j'avais à faire pour placer mon frère.

- 28 -

Je ne sais pas à qui parle Émile dans son journal quand il dit vous, *vous avez pu apprécier mon caractère*, à quelle postérité il s'adresse.

Je suis aimant et sentimental, écrit-il. Que s'est-il donc passé entre Aurélie et lui pour qu'il la haïsse à ce point ? Pour qu'il revienne sur ses pas jusqu'au parloir de la Vieille Charité parce qu'il a oublié de mettre en garde la mère supérieure contre cette dépravée ? Pour qu'il lui fasse promettre de ne pas céder aux avances d'une certaine femme de mauvaise vie qui pourrait prétendre avoir des droits sur l'enfant qu'il vient de lui confier ? Il la prévient que ce serait une grave erreur, cette personne vivant dès longtemps dans le péché et risquant d'y enchaîner un innocent. Est-ce le terme *enchaîner* qui impressionne la directrice, comme il m'impressionne moi, après tout ce temps ? Toujours est-il qu'elle promet, et qu'Émile s'éloigne rassuré sur ce point.

Demain il sera à Roanne, et son frère seul ici. Dans la cour de l'hospice des enfants orphelins, le soleil était blanc et Paul bien trop petit. Paul a dix ans, mais il a l'air d'en avoir huit. On dirait qu'il a arrêté de grandir quand sa mère est partie.

- 29 -

À quoi ressemble la Vieille Charité à l'époque ?

- 30 -

Peut-on croire, à ce stade de l'histoire, qu'Aurélie ignore où se trouve Paul (la chair de sa chair) ? Qu'il passe six mois à l'hospice sans qu'elle en soit informée ?

Si seulement elle pouvait être une veuve comme il faut...

Mais la protégée de Madame X est indécrottable : à Saint-Étienne, faute de fils, elle a dégoté un nouvel amant, Albert.

Albert : une femme, sept enfants.

Je ne sais pas ce qu'elle lui trouve.

- 31 -

Philomène en a ras la casquette. Si son amie ne veut pas rester seule, pourquoi ne se prend-elle pas un homme disponible, un noceur rattrapé par l'âge, heureux de se ranger, ou un pur esprit qui n'aurait rien connu encore des plaisirs charnels (mais sa vieille maman veille, qui veut une bru pour s'occuper de son fils, et d'elle aussi), ou un jeune veuf comme elle ?

La femme d'Albert crie au scandale, et on la comprend. Elle vient jusque dans la blanchisserie que Philomène tient avec son mari pour réclamer justice. Albert découche, il parle de partir à Paris avec sa greluche, la pauvre femme délire. Elle explique à Philomène qu'Aurélie est une jalouse, une aigrie, qui lui prend son homme pour lui voler sa vie. Comme si sa vie pouvait faire des envieux. Comme si une Aurélie pouvait lorgner la vie d'une *femme de*. La réalité est bien plus triviale : c'est Albert, qu'elle lorgne, point barre. Philomène, pourtant charitable en temps ordinaire, le dit à la pleureuse pour s'en débarrasser. Elle regrette immédiatement cet excès d'impatience, mais l'autre de toute façon l'a à peine entendue, toute gonflée de larmes et de son importance.

L'Albert est encore là mais il est déjà loin. Il attend la lettre qui lui confirmera qu'il est embauché à Levallois-Perret par l'entreprise Eiffel. C'est une question de jours. Il a demandé un logement ouvrier. Aurélie rendra sa chambre et ils auront leur petit chez-eux à deux pas de Paris, tous les avantages de la capitale sans les inconvénients.

Albert est un romantique.

- 32 -

Ce qu'elle lui trouve ? Madame X qui m'apprend la romance entre Aurélie et Albert ne se le demande pas.

Cent trente ans plus tard, pourtant, c'est LA question. Je suis bien placée pour savoir qu'aucune de mes amies ne s'embarquerait dans une histoire avec un homme, même beau comme un dieu, qui a sept enfants. Elles m'ont assez répété que j'étais folle de m'installer avec quelqu'un qui n'en avait que trois, des enfants.

Tu parles d'un prince.

J'en suis réduite à des hypothèses.

Est-ce qu'elle a peur de finir seule ? À trente-six ans, il y a plus d'un siècle, Aurélie est une vieille femme. C'est l'âge, je crois, de La Sanseverina, qui fait passer le désir qu'elle a de son neveu pour de l'amour maternel. Ce serait l'âge également d'Henriette de Mortsauf si elle n'était déjà morte, consumée par sa passion pour le jeune Félix. Que de femmes dans les romans qui voudraient être aimées et se drapent dans leur statut de mère, quitte à y étouffer !

Je comprends qu'Aurélie ait besoin de se rassurer. Mais là où Philomène a raison, c'est : pourquoi lui ?

Je ne me fais pas trop d'illusions. À mon avis, ce qui plaît à Aurélie, chez Albert, c'est Paris. Il lui offre la perspective d'un retour confortable à Paname. Plus besoin de piétiner de longues heures derrière un comptoir, elle en a soupé des numéros d'acrobate et des artistes américaines, si elle retourne aux Folies-Bergère ce sera comme cliente, avec son petit mari. Ils ne vont pas vraiment se marier, bien sûr, mais enfin qui le saura. D'ailleurs c'est simple, ils vont faire comme si. Et ça, c'est le deuxième atout d'Albert : il fait croire à Aurélie qu'il est libre. Il est entendu que les petiots restent avec leur mère à Saint-Étienne. Parce qu'Aurélie a été claire : les beaux-enfants, elle a déjà donné.

- 33 -

Émile lui pèse sur le cœur comme personne. Elle devrait s'inquiéter de Paul. C'est son beau-fils qui la tourmente. Elle fait tout pour ne pas songer à lui. Elle ne sait pas quoi faire avec Émile, même en pensée, comme avant, comme toujours. Émile lui fait reproche. Avec Paul, finalement, c'est plus simple : il ne demande rien, n'attend rien, ne met rien en mots. Il reproduit des gestes, il a des habitudes, glisse sur tout le reste. Il ne risque pas de prendre quelqu'un en défaut. Sa vie est mince comme un décor, un de leurs foutus décors de marionnettes, mais on peut aussi la voir épaisse comme un bain de savon, c'est selon.

À Paul il suffit de peu, et il a vite été évident qu'elle n'était pas de ce peu-là.

Bien que mère et fils, ils ont tout de suite fait vie séparée.

- 34 -

Quelque chose dans la façon dont Émile parle de Paul me donne à penser que c'était un garçon à part, un de ces garçons étonnamment sereins au contact desquels la vie s'alentit, le temps s'abîme. Un de ces garçons dont l'univers immense s'emplit d'immenses figures qui laissent peu de place à nos vies éclatées. J'ai connu quelqu'un comme ça, qui étirait les mots avec ses doigts et les posait entre nous comme un paquet de linge, à moi de trier.

À moi les arrière-pensées.

Mais que Madame X se rassure : je ne suis sûre de rien.

- 35 -

Quoi qu'il en soit, les faits sont têtus :
Paul est à Marseille,
Émile à Roanne,
Auguste au cimetière,
Albert en route pour Paris,
Sa femme à Saint-Étienne,
Ses sept enfants aussi.

Aurélie délie. Elle éparpille.
C'est l'Attila des familles.

- 36 -

Paul quitte la Vieille Charité au bout de six mois.

Il n'a pas mal vécu dans cet environnement austère, sûr que son frère reviendrait le chercher. Paul fait comme ils ont convenu : il reste bien sage, suit sans moufter les règles de l'orphelinat. Tous les jours il demande à la mère supérieure si c'est aujourd'hui qu'Émile vient, tous les jours il hoche la tête quand elle répond non, pas perturbé, ce sera donc demain.

Ça dure des mois, ça pourrait durer des années, on dirait qu'il n'a pas la notion du temps. Jamais il ne s'impatiente, jamais il ne se décourage. C'est qu'à l'orphelinat tout, même les brimades des gamins plus dégourdis, même les moqueries et les bêtises que les autres lui font faire, devient rapidement prévisible. Paul trouve ça rassurant.

Le moment venu, la mère supérieure doit lui expliquer bien à l'avance, et plusieurs fois, qu'un monsieur (un ami de la famille, nommé tuteur par le juge des enfants qui trouve décidément la veuve Pitou un peu olé-olé) va se présenter pour le conduire à Émile – Paul d'abord n'est pas d'accord, ce n'est pas comme ça que c'est prévu, son frère doit venir, il préfère l'attendre.

Lorsqu'enfin ils se retrouvent à Roanne, Paul est placé chez un teinturier, puis, compte tenu de son âge (dix ans et demi), devient pensionnaire au lycée. Émile peut cesser de se démener, il assure à son capitaine qu'il n'a plus de raison de demander à être exempté et qu'il fera son temps comme les autres. Le capitaine, qui l'a bien aidé quand il a appris sa situation de chargé de famille, est satisfait.

- 37 -

Les deux frères ne se quitteront plus. Quand Émile se mariera et remontera le théâtre de marionnettes avec son épouse, Paul restera auprès du jeune couple comme leur grand enfant.

Il est souvent malade, et je pensais qu'il n'avait pas vécu vieux. On le perd en 1904 au détour d'un livre de comptes (honoraires du médecin, achat des drogues prescrites, puis, dans la colonne « débit » toujours, disparition de la ligne « pension Paul », dont on se rend compte après coup).

Émile pourtant si précis dans les *Memorandum* successifs qu'il rédige aux périodes clefs de sa vie, si appliqué à consigner les dates et les lieux, les états civils, ne donne pas l'année du décès de son frère. Il lève la plume après la mention du village où il est enterré, en Ardèche, bizarrerie géographique que je mets sur le compte des tournées du théâtre : la vie prend où va la roulotte, la mort aussi.

Veut-il faire croire, laissant ce blanc entre la préposition « en » et le point final de la phrase (*mort à Serrières en* .), qu'il a oublié de quelle année il s'agit, ou s'est-il promis d'omettre dans son décompte, désormais, cette année maudite, de la sauter, en quelque sorte, comme si elle n'avait jamais existé, et que Paul ne soit pas mort, dans une entreprise de déni assez compréhensible ? Et si simplement écrire ces chiffres s'était révélé, à l'instant *t*, trop douloureux, le chagrin trop cru ?

Mais je sais depuis peu, pour avoir rencontré sa petite-fille et son arrière-petite-fille, que Paul n'est pas mort, comme je le croyais, au moment où il disparaît des livres d'Émile. En 1904, il ne trépasse pas : il se marie. Il quitte son frère et les marionnettes pour mener sa propre vie.

Quoi qu'il en soit, à l'époque où le théâtre se reforme, ils n'ont plus depuis longtemps aucune nouvelle d'Aurélie, qui a d'autres chats à fouetter que son garçon un peu lent et son sentimental de beau-fils.

- 38 -

C'est qu'à Paris on prépare l'Exposition universelle de 1889.

Maurice Koechlin, Émile Nouguier et Stephen Sauvestre, chefs de bureau et architecte chez Eiffel et compagnie, imaginent ce qui sera le clou du spectacle : une tour métallique de plus de trois cents mètres de haut.

Il faut deux ans, et deux cent cinquante ouvriers, pour la construire.

Albert en parle comme de son enfant. Il a l'impression de travailler pour la postérité et évoque avec une voix perchée le monstre d'acier qu'ils couvent tous, aux ateliers.

En secret, Albert pense aussi que cet ouvrage, c'est pour Aurélie qu'on l'érige. Elle a maintenant plus de quarante ans et elle est toujours aussi belle. Il confond son orgueil d'homme et sa fierté d'ouvrier. Avec cette tour il va offrir Paris à la femme qu'il aime, comme promis, et mettre le monde à ses pieds.

Le soir il rit tout seul doucement, en pensant à l'inauguration. Il voit bien qu'Aurélie ne se doute de rien, ne soupçonne pas ce qu'il est en train d'accomplir pour elle.

Elle, elle croit qu'il devient gâteux, à se frotter les mains de la sorte pendant qu'elle débarrasse la table du souper.

\- 39 -

Comptine des petits chats :

Mes ptits chats, mes ptits chats, disait feu notre mère.
Jamais l'Autre ne nous dit ça.
Mes ptits chats, mes ptits chats
Paraît qu'elle essaya
Nous sommes chats, nous sommes chats,
Les noms d'oiseaux ne nous vont pas !

- 40 -

Parfois il semble à Aurélie qu'elle entend des voix. Par exemple elle est dans la foule, ou sur le trottoir dépasse un attroupement, et du brouhaha percent les deux premières syllabes de son prénom. Elle lève vivement la tête, cherche à croiser un regard, personne ne fait attention à elle. Elle se dit qu'elle a rêvé.

- 41 -

La fête que se fait Albert de l'Exposition, qui doit être une sorte d'apothéose à leur amour, est un peu gâchée par un incident domestique. Persuadée sans doute qu'Aurélie lui a bel et bien volé sa vie, la femme d'Albert en tire les conséquences, et meurt.

- 42 -

Sept d'un coup. Comme le petit tailleur. Ce n'est pas le conte qu'Aurélie préfère. Les deux aînés sont vite placés, l'un commis de cuisine dans un restaurant des grands boulevards tenu par un *pays*, l'autre bonne à tout faire chez une famille très pieuse de Levallois qui par charité la prend à son service.

Reste cinq.

C'est en famille qu'ils visitent l'Exposition universelle.

Ça leur coûte un franc par tête. Albert a fait les comptes, ils ont encore assez pour monter tous les deux en haut de la tour dont il est si fier, les enfants attendront en bas. Aurélie refuse tout net. Elle n'a pas envie de lui faire plaisir. Elle refuse même de lever les yeux vers le sommet, prétextant que ça lui donne le vertige. Et pour tout dire elle la trouve laide, cette carcasse qui n'a de tour que le nom, ressemble plutôt à l'armature d'une pyramide en construction, ou à une cheminée d'usine. Tu parles d'un chef-d'œuvre. Elle s'assied à l'écart pendant qu'Albert et ses petits se dévissent le cou.

Cinq, c'est beaucoup trop.

Elle peste contre la mère qui a réussi à lui fourguer ses mioches. Elle est morte ? Et après ? On ne lui ôtera pas de l'esprit qu'elle l'a fait exprès. Elle peste contre Albert, décidément sentimental, qui veut absolument passer par la rue du Caire dont il a lu dans le journal qu'elle était « une des plus charmantes fantaisies de l'Exposition », alors que ça l'angoisse, elle, ces reconstitutions, tous ces décors à l'identique, elle avance le long des façades à moucharabieh comme en apnée, oppressée par la foule, hommes à canne femmes à ombrelle enfants en culottes courtes, elle voudrait faire comme ce marchand qui tourne le dos à la rue, concentré sur le poignard dont il grave le manche. Pendant qu'Albert achète pour dix centimes de confiseries égyptiennes, elle est tentée de fuir par une rue latérale, mais ce serait passer dans un autre tableau, le bazar marocain, le village africain, le palais indien, que sais-je ? Aurélie n'en mène pas large. Depuis Auguste, depuis Émile et Paul, elle déteste le théâtre. Et elle croit les voir rire, les entend se moquer, les Pitou père et fils, de la retrouver là, *la scène se passe au Caire*, à l'échelle 1/1.

Heureusement Albert extasié lui montre, à l'extrémité de la rue, la nef en fer du Palais des machines.

Le répit est de courte durée.

Galerie de la joaillerie, galerie de l'orfèvrerie, galerie de la céramique, galerie des habillements, galerie des meubles, galerie des soies et soieries – voilà qui lui rappelle Dunières –, galerie de l'horlogerie, des cuirs et peaux, des jouets, des papiers peints, chasse et pêche, jouets, tissus de lin, cristaux et verrerie… Quand enfin ils accèdent à l'immense verrière du Palais, Aurélie n'a plus la force d'emprunter les escaliers qui mènent à la plate-forme intérieure et aux ponts roulants qui, en une dizaine de minutes, transportent les visiteurs d'un bout à l'autre du bâtiment. Les locomotives, l'omnibus vélocipédique, les phonographes et les téléphones : elle s'en fout. Elle préfère s'asseoir sur un des bancs de l'allée centrale, face à des machines plus grandes qu'elle dont elle ne veut surtout pas savoir à quoi elles peuvent servir. Elle a mal aux pieds, et aux reins. La lumière qui tombe de la verrière, très blanche, lui pique les yeux. Elle se laisse aller contre la banquette, elle est fatiguée, tellement fatiguée, elle est fatiguée d'Albert.

\- 43 -

En sortant du Palais, ils ne peuvent pas ne pas aller voir les maisons en bambou des tribus de Java.

Les Javanaises lui portent le coup de grâce.

Ce sont des gamines de quatorze ans au regard fixe, fardées, parées de plumes et d'étoffes précieuses, alignées pieds nus devant une case en bambou. Elles ne sourient pas, gardent la pose. Aurélie qu'Albert force à s'arrêter éprouve face à elles une désagréable sensation de *déjà-vu*. Les yeux faits qui ne cillent pas. L'air morne. La rigidité de leurs membres quand elles se lèvent et dansent, toutes semblables. Aurélie reconnaît le plaisir que prend la foule – Albert le premier, l'œil luisant – au spectacle des danseuses : ces femmes ne sont pas des femmes, mais des marionnettes. Et c'est ce qu'elles disent, leurs yeux qui ne cillent pas, leurs visages impassibles, leurs gestes guindés, *nous ne sommes pas là*, tout en s'exécutant, *nous n'existons pas*.

Aurélie qui a fréquenté les pantins sait qu'il est vain de chercher leur regard. Il y en a une pourtant, à peine en retrait des autres, qui semble *vivante*. Elle est perdue dans ses songes. Elle s'est relâchée, à peine, assez pour que son dos s'arrondisse et que ses mains reposent ouvertes sur ses cuisses. Sa posture est familière, toute de lassitude et de désarroi. Aurélie se dit qu'elle était assise tout à l'heure dans la même position, naufragée sur le banc du Palais, séparée des machines par un simple cordon. Elle ne sait pas pourquoi le spectacle de ces filles l'afflige à ce point, mais une chose est sûre : elle ne restera pas une minute de plus dans cette foutue Exposition.

À partir de là, chère Madame X, on peut tout imaginer.

- 45 -

Hypothèse 1 : Aurélie quitte Albert et trouve un riche protecteur, ce qu'elle aurait dû faire beaucoup plus tôt. Mais à son âge, c'est peu probable, elle n'a plus guère un air de biche.

Hypothèse 2 : Albert lui demande de l'épouser, et elle accepte (l'âge, toujours).

Dans les deux cas Albert meurt, le cœur sans doute, plus ou moins rapidement. Peu m'importent les enfants, dont un au moins a survécu, puisque Madame X, son arrière-petite-fille, m'écrit aujourd'hui.

- 46 -

J'ai dans l'idée qu'Aurélie finit pauvre, et folle. Égarée, disons. Le soir elle rôde en déshabillé du côté des Invalides, dont elle est devenue une *figure*. Ces dames de la Charité la connaissent bien, et essaient de lui faire entendre raison. Mais Aurélie, bouche close farouche, bras croisés sur le ventre, avance sans les voir et parfois s'immobilise, comme un automate, toujours au même endroit, pour exécuter quelques mouvements d'une danse absurde. Javanaise, je dirais. Ou bien elle répond à des voix, des appels silencieux qui lui font lever la tête ou la tourner vivement, elle se débat, qui m'appelle ? Ça fait longtemps qu'elle a oublié qu'un jour elle a eu un fils, un beau-fils, un premier mari. Elle se souvient seulement d'Albert, un peu, de sa femme surtout, celle-là sacrée emmerdeuse, avec ses mioches en nombre infini… Elle peste, crache, maudit. Les dames se bouchent les oreilles et se cachent les yeux et elles prient pour elle. Les enfants en ont peur. Carabosse ! Elle leur montre les dents. Reprend sa pantomime, devant les cases invisibles du village indonésien. *Je ne suis pas là*, elle ricane, mais on n'y comprend rien, *je n'existe pas.*

- 47 -

Les Invalides, j'ai vérifié, ne sont pas si loin de la rue Jean-Goujon. La Seine à traverser, par le pont Alexandre III. Celui de l'Exposition. Même si son nom ne figure pas sur la liste des victimes de l'incendie du Bazar de la Charité, je n'exclus donc pas qu'Aurélie fasse partie des malheureuses non identifiées, mortes brûlées vives le 4 mai 1897, au milieu des chiffons.

Il n'est pas sûr que cette fin convienne à Madame X. Elle est femme à défendre qu'Aurélie éleva jusqu'au bout, courageusement, les fils et filles de feu Albert, et qu'elle mourut heureuse, entourée des siens. Madame X aime les *happy ends*. C'est bien simple : si elle était belle-mère, elle adorerait ses beaux-enfants, qui le lui rendraient bien.

- 48 -

Imaginons maintenant, *in extremis*, avant de nous séparer, que l'histoire d'Aurélie ait été adaptée au cinéma. Dans la salle le générique défile encore. C'est l'heure des gloses sur le trottoir (supériorité du film sur le livre : tous rentrent du Carabas en même temps, et tous passent très vite à la glose *perso, moi, tu vois...*). Puisque chacun dit la sienne, je vais éclaircir un dernier point : je n'ai pas écrit cette histoire pour faire plaisir à Madame X, encore moins pour la chagriner délibérément en ne la racontant pas comme elle l'aurait souhaité. Ce qui m'a intéressée, dans l'histoire d'Aurélie, c'est le mal qu'elle a à être mère, donc (pas la peine d'être hypocrite) femme. D'abord elle n'y arrive pas. Puis quand elle a enfin un enfant, il ne l'intéresse pas. Elle ne se reconnaît pas dans les places que la société donne aux individus de sexe féminin. Elle veut être libre. Elle essaie différentes choses, des choses à sa portée : le moulinage, le mariage, le veuvage. Des mots en *-age* qui mettent de l'ordre (comme on fait son lit on se couche).

Peu m'importe, à moi, qu'elle finisse en grand-mère comblée ou en semi-démente. Vois seulement, cher lecteur, chère lectrice, comme elle essaie d'être libre, et comme elle échoue. Comme rien n'est prêt pour elle dans le monde.

CETTE PULSION EN LUI

Quand on lui demandait si elle tenait le coup, elle répondait qu'elle faisait aller. À parler un peu, on s'apercevait qu'elle était très en colère. Elle lui en voulait terriblement. Il n'avait jamais, à tout bien considérer, pensé qu'à lui. Un égoïste. Ce n'était pas faute de l'avoir supplié. Mais dans ces moments-là, quand ça lui prenait, cette pulsion, elle ne comptait pas. Plus rien ne comptait.

Au début de leur relation, elle l'accompagnait sur les circuits. Elle ne prenait même pas un bouquin, tout entière au bonheur d'être avec lui, comblée qu'il la sache dans les tribunes. Faire autre chose, jeter les yeux ailleurs, aurait été sacrilège. À l'ombre des stands, regardant tourner son étoile sur l'orbite de la piste, elle se sentait à sa place. D'ailleurs lui ne s'étonnait pas, avait l'air de trouver normal que ça lui suffise, à elle, de le voir enchaîner les tours. Les premiers temps il vérifiait, du coin de l'œil, lancé dans la ligne droite, qu'elle n'avait pas bougé, mais après c'était acquis, elle était là pour lui. Elle s'enroulait dans un châle qu'elle avait exhumé exprès d'un fond de placard (le châle qu'elle ne quittait pas lors de sa dernière année de prépa, dans l'appartement non chauffé que lui louait au noir une dame très bien). Elle faisait partie du décor.

Elle ne savait rien nommer de ce qui l'entourait. Il y avait des termes familiers, « écurie », « paddock », qui la renvoyaient aux mercredis de l'adolescence, mais tout ici était différent : les bruits, les odeurs, les matières. Les couleurs. Après le dernier tour, elle attendait encore un peu avant de descendre. Elle n'aimait pas les discussions auxquelles elle ne comprenait rien autour de la voiture. Elle le retrouvait à l'extérieur, sur le parking. C'était l'hiver et le soleil passait vite. Le maquis au bord du circuit redevenait compact.

Heureusement il sortait toujours en premier. L'embrassait. S'asseyait côté passager. Elle démarrait, roulait doucement sur le parking désert, s'engageait sur la départementale. Au deuxième virage, après la petite route à flanc de colline, il dormait déjà, joue droite contre la vitre, abandonné. Elle en profitait pour mettre le chauffage à fond et baisser la radio. Des motards les doublaient genoux à terre dans leurs combinaisons de cuir. Elle avait hâte d'être en ville.

Il n'acceptait pas toutes les propositions. Il fallait que la machine l'intéresse, ou qu'il connaisse le gars de réputation. Ou bien c'était pour un copain perfectionniste qui avait besoin qu'il teste encore une fois son engin, nouveau réglage. Ils se donnaient rendez-vous au circuit, un jour de repos.

Il était urgentiste. Elle avait choisi un homme qui n'était jamais là, elle s'en rendait compte maintenant, mais à l'époque elle ne pouvait pas lui en vouloir, ni pour son boulot, ni pour les dimanches au circuit (il s'efforçait pourtant de les garder pour eux, les dimanches, mais des fois ça tombait mal, c'était comme ça). Il avait besoin de décompresser. Urgentiste, c'est un boulot qui rend fou.

Ils essayaient d'avoir un enfant. Ça ne marchait pas.

Un jour, au bout de deux ou trois ans peut-être, c'était le début de l'automne et elle observait, au-delà du haut grillage qui délimitait le circuit, des familles en grappes chercher des champignons. Les enfants faisaient des taches colorées entre les buissons, les chiens couraient en tous sens, elle s'était surprise à rêvasser, emberlificotée dans son châle. Elle s'ennuyait dans les tribunes.

Les fois suivantes, elle avait pris un livre. Elle le cachait sous le châle au fond de son cabas et ne le sortait qu'au troisième tour, une règle qu'elle s'était fixée. Ce n'était pas qu'il lui aurait fait un quelconque reproche, c'était qu'elle avait honte. Trois tours, c'était la moindre des choses. Elle s'en voulait de n'être plus tout entière à l'attendre. Elle pensait que ça voulait dire qu'elle l'aimait moins.

Elle s'était pourtant sacrément battue pour l'avoir. Au début il n'avait pas cessé les allers-retours entre son appartement et la maison que son ex-femme refusait de vendre. Dieu qu'elle avait souffert. Elle souffrait tellement que c'était presque mieux quand il n'était pas là, surtout s'il prenait la peine de la prévenir, je ne viendrai pas ce soir, tout plutôt que le voir tourner autour de ses affaires et saisir le sac et annoncer, j'y retourne. Elle le laissait partir. Souvent c'était le matin et elle avait attendu toute la semaine le matin de ce jour qu'ils devaient passer ensemble. Au lieu de quoi elle entendait se refermer la porte d'entrée.

Quand enfin il avait dit, j'ai choisi, cette fois je sais, elle n'y croyait presque plus. Pendant des semaines, elle s'était attendue chaque soir, en rentrant du travail, à le trouver parti. Elle avait tout fait pour qu'il ne regrettât pas son choix, pour qu'il se sentît chez lui au milieu des meubles qu'elle avait choisis pour eux, qui étaient doux au regard et au toucher. Une isba. C'était une isba mais ça ne lui disait rien, même s'il avait déjà entendu ce mot. Elle avait cru que ce n'était pas grave, qu'ils mettraient leurs mots en commun. Sauf que parler, ce n'était pas leur truc. Pour ça ils étaient pareils, les mots les fatiguaient plutôt. Lui n'en voyait pas l'utilité, la plupart du temps. Elle s'en méfiait, les trouvait « résistants ». Dans les livres seulement, rangés en ligne, elle les appréciait. C'est comme ça qu'elle était devenue bibliothécaire.

Grâce aux livres, elle n'était plus seule dans les tribunes. Au troisième tour, elle sortait son bouquin. Au quatrième, elle n'entendait plus les moteurs, ni les coups de frein. Elle faisait semblant d'être là, comme avant, alors qu'elle aurait pu être n'importe où, le livre ouvert, peu importait.

À Noël, il lui avait offert un chien.

Elle avait été surprise. Dans sa famille on n'offrait pas d'animal. Ce n'est pas un cadeau, c'est un être vivant. On n'offre pas d'être vivant. Elle ne l'avait pas dit à son père, qu'elle l'avait eu pour Noël, le chien, elle n'avait pas envie de discuter de ça. N'empêche que voir le chiot avec ce gros nœud rouge autour du cou, au fond de la boîte à chaussures, ça lui avait fait bizarre. C'était un mâle, et il s'appelait Terence. Y'avait plus qu'à l'aimer.

Pour le réveillon ils avaient invité quelques jours sa famille à lui, au complet. Elle les rencontrait pour la première fois. Tous des pontes (les hommes). Ils trouvaient tout très bien, la maison, le quartier, le foie gras, Terence. Elle avait eu l'impression qu'ils s'étaient donné le mot. Les femmes même, mère et sœurs, souriaient benoîtement. Il n'y avait vraiment rien qui justifiât qu'elle se sentît si mal, coiffée, fagotée, propre. Le soir, dans leur lit enfin seuls, il l'avait rassurée. Elle était parfaite, tout se passait à merveille. Il l'embrassait, elle ne répondait pas, n'essayait pas de lui expliquer la distance entre elle et eux. Le chien pleurait doucement dans la cuisine.

La veille de leur départ, il avait reçu un coup de fil pour essayer un prototype la semaine suivante. Assis dans le canapé du salon derrière la baie vitrée d'où l'on pouvait voir les avions décoller au ras de l'eau et amorcer un langoureux virage pour prendre de l'altitude, les hommes s'étaient réjouis. Le verre à la main, excités par leurs femmes et l'idée du risque, ils se congratulaient qu'un des leurs eût cette passion-là des circuits, ce grain de folie, ce mépris du danger. Ils ne comprenaient pas qu'elle n'en fût pas plus fière. Il en avait, bon sang (des couilles ? du courage ?) ! La mère, qui regardait son fils avec tendresse, avait tourné vers elle un regard désapprobateur dans lequel elle avait enfin pu lire tout le mépris dissimulé les jours passés. La sœur aînée l'avait taquinée, que valait la vie si on ne prenait pas un risque ou deux, de temps en temps. La cadette avait renchéri. Elle n'allait pas l'empêcher de vivre, quand même ? Le mettre sous cloche ! Elle s'était tue. Les mots, c'était pas son truc. Sauf dans les livres.

Quand ils étaient partis, elle avait ouvert la porte de la cuisine. Terence s'était rué sur le canapé, avait déchiqueté un coussin. Puis il avait sauté à terre et pissé partout pour marquer son territoire. De toute façon, elle comptait faire le ménage à fond.

Le soir même, elle avait fait ce rêve. Un rêve idiot dans lequel elle cherchait éperdument la housse de son téléphone portable, un étui en fausse fourrure blanche et noire, intérieur microfibre, qu'elle avait laissé tomber dans la pinède. Une petite chose lamentable. À l'imaginer accrochée aux genêts, son cœur s'emballait. L'angoisse l'avait réveillée. Une angoisse sans proportion aucune avec la valeur – financière, affective, symbolique – de la housse qui d'ailleurs reposait là, sur sa table de nuit, à portée de main. Elle s'était demandé de quoi cette housse était le signe, quelle perte pouvait dévaster à ce point, dans la vraie vie, avait commencé une liste des choses perdues en espérant que ça la calmerait (perdu un mouton, deux moutons, trois moutons…), pensé enfin au moment de se rendormir à l'expression « perdre la vie ». Sombré dans l'inconscience avec ces mots-là. *J'ai perdu la vie.* Comme perdre son temps, mais en pire. Tu as perdu la vie (quand on perd son temps, il reste à vivre celui des autres, mais quand on perd la vie ?). Il a perdu la vie. Quel empoté. Il la cherche. Partout. Il l'avait à la main, ou à l'œil, et *pfft*, envolée, la vie. Il la cherche autour des bureaux, sous les piles de livres, entre les pages dactylographiées, passe dans toutes les salles, elle reconnaît l'endroit, c'est la bibliothèque où elle travaille, en vain, la vie s'est barrée. Recouvrer la vie.

À cause du rêve, elle s'est mise à avoir peur dès qu'il allait au circuit. Il fallait qu'il arrête ça tout de suite. Il haussait les épaules. Quand ça tombait un dimanche, elle ne voulait plus l'accompagner. Elle lui faisait une scène. Il promettait, c'est la dernière fois, et il tenait bon parfois plusieurs mois, mais tourner sur le circuit au volant d'engins non homologués, prendre un double virage très technique, négocier un « S » serré ou rechercher le point de freinage optimum le faisait se sentir vivant. Lui permettait de ne pas se demander ce qu'il foutait là, le reste du temps. Quand elle l'avait compris, elle avait cessé de l'enguirlander. Elle s'était rangée. Comme au temps de son ex. Ne pas être insupportable, surtout. Simplement elle voulait n'avoir plus rien à voir avec ça.

Elle avait désormais tout son temps pour lire dans l'appartement qu'ils venaient d'acheter (la même résidence, une pièce en plus et une vraie entrée dans laquelle il vérifiait le contenu de son sac de sport, chaussures gants combi casque lunettes, et au chien qui l'avait suivi il disait, va voir maman).

Ce clebs, il était pourri gâté.

Finalement il s'était tué un mardi. Après un week-end de garde. Le téléphone avait sonné à l'accueil jeunesse, et c'était pour elle.

Elle lui en voulait terriblement. Des mois après, elle parlait de la mort comme d'une rivale, et on aurait pu croire, à l'écouter, qu'il l'avait quittée pour une autre. Le prochain, disait-elle, je vérifierai d'abord qu'il n'a pas *cette pulsion en lui*.

L'air était doux autour du banc dans le parc où nous déjeunions, et pendant qu'elle parlait, loin derrière elle, au-dessus de l'eau, décollaient en silence les avions.

LA BICHE

Et là, hop, plus de soucis à se faire. Sous l'impact ils comme qui dirait me sortent de la tête et roulent au loin sur la chaussée, certains même dans l'herbe au bord, des billes de soucis et moi le sac crevé, ah ah, pas tout à fait encore mais plutôt morte quand même que vive, je dirais, vu aussi l'air du gars qui se penche sur moi, mon Dieu, qui est jeune et serait plutôt mignon s'il ne grimaçait pas autant, s'il ne grimaçait pas comme si la soupe était mauvaise et que sa mère ou quelqu'un essaie de lui en mettre de force une cuillère dans la bouche, c'est pas beau à voir, une fille derrière lui se tord les mains, mon Dieu, elle se tient le ventre, un joli petit ventre, qu'est-ce qu'on va faire, elle se tord les mains, ils pourraient me hisser dans la voiture, me foutre dans le coffre au moins pour pas tacher disons, comme une bête, une grosse bête, s'ils étaient assez costauds, c'est ce que ferait Domi, et papa, papa sans doute aussi, malgré la colère et tout, il me laisserait pas comme ça sur la route, sans rien faire que regarder, avec la tache sous moi qui grandit dans laquelle mon bras baigne, malgré la colère, c'est la faute de personne et surtout pas Domi, je l'aime, mon petit papa, ma bichette, la fille au petit ventre repousse le jeune gars qui voulait la réconforter, qu'est-ce qu'on fait, lui me regarde comme si c'était moi qui allais leur donner la réponse, et puis quoi, c'est fini, moi, les soucis, j'ai plus à me casser la tête, ah ah, j'entends papa qui chuchote, ma bichette, est-ce que Domi m'aime vraiment ou est-ce qu'il couche aussi avec Sam, est-ce que papa sera furieux si j'arrive encore en retard, est-ce que je me sentirais mieux si je lui disais que j'étais avec Domi et que nous l'avons fait, nous l'avons fait, j'ai adoré, pourquoi j'aurais honte, à vous les ennuis maintenant, les arrangements, toi petit Ventre et toi jeune Gars, les responsabilités, moi j'ai fini de me demander, plus la peine de savoir si papa crierait moins si maman était là, tous ces soucis, la rédac pour demain, hop, évanouis, y'a plus qu'à attendre, ça ne dépend plus de moi, je

Sortie du bois comme une folle, a déboulé du talus et s'est jetée sous les roues de la voiture sans que j'aie rien pu faire. Le bruit, énorme, m'a fait sursauter, j'ai tiré sur le volant et appuyé de toutes mes forces sur le frein. La voiture s'est mise à glisser, par l'arrière, et elle est venue donner contre le talus. Judith m'a fait signe que ça allait.

– Mais putain c'est quoi ce bordel ?

J'ai ouvert la portière et je me suis précipité, j'espérais qu'elle n'était pas passée sous les roues, ou aplatie sur la calandre, j'espérais qu'elle avait filé, s'était relevée, même de guingois, était repartie tant bien que mal et pour aller mourir peut-être, mais hors de ma vue, par pitié, hors de ma vue, dans la forêt.

Et d'abord je ne vis rien.

Elle avait rebondi assez loin, de l'autre côté de la route, au niveau d'une coupe de bois. C'était une femme. Une jeune fille, en fait.

– C'est une biche, j'ai dit, assez fort pour que Judith entende.

Elle reposait sur le flanc. Elle ne se plaignait pas, ne semblait pas souffrir. Ses yeux reflétaient le bitume. Elle saignait.

J'ai entendu Judith ouvrir la portière.

Putain, faites que ce soit une biche.

– Mon Dieu, a gémi Judith en triturant son alliance. Mon Dieu. Qu'est-ce qu'on va faire ?

– C'est fini, j'ai dit.

– Qu'est-ce qu'on va faire, a répété Judith plus fort, presque en colère, et c'est vrai qu'on ne méritait pas ça.

Je l'ai attrapée par le bras et secouée un peu, pour qu'elle me suive. Nous sommes remontés dans la voiture. Le moteur tournait toujours. J'ai manœuvré pour la remettre dans le bon sens.

Judith ne disait plus rien. Elle avait rattaché sa ceinture, elle regardait droit devant.

La forêt, après la coupe, redevenait compacte. Nous n'avons croisé personne, aucun véhicule, jusqu'à l'autoroute. À l'aube, nous étions en Italie, au bord du lac Majeur, et dans la chambre parsemée de pétales de rose réservée pour nous à l'hôtel, le personnel avait déposé une bouteille de champagne, « cadeau de la maison pour les nouveaux mariés ».

LE MESSAGE

Elle aurait dû suivre les conseils de la vendeuse et le faire en deux fois. Parce que là, six croustades sur les avant-bras, ça fait beaucoup. À peine si elle y voit, au ras du dernier carton. Sur le pas de la porte, elle regrette déjà, mais n'ose pas revenir en arrière, d'ailleurs comment pourrait-elle, la porte est lourde, la pâtisserie bondée, la vendeuse l'a déjà oubliée et surtout, surtout, il n'est pas là.

Elle reste donc dos à la porte à cligner des yeux dans le soleil de midi jusqu'à ce que le client d'après, en sortant, l'oblige à se décaler. La pile de croustades branle dangereusement, elle coince *in extremis* le dernier carton en rentrant les épaules. Joli réflexe. Qu'est-ce qu'il fout, bon sang ? C'est pourtant pas compliqué, combien de fois elle lui a répété, midi, la devanture bleue en haut de la rue.

Il y a peu de voitures. S'il était là, elle le verrait forcément.

Et pas un endroit où s'asseoir, pas un banc. Pas un arbre non plus. Une placette sinistrée, derrière la cathédrale. Tous les villages du coin ont une cathédrale. En plus de l'église, cela va de soi.

À tous les coups c'est autour de l'église qu'il tourne en ce moment même, énervé, elle l'entend d'ici, pas de devanture bleue, évidemment, il l'aurait parié. Un doute soudain : est-elle bien bleue, d'ailleurs, cette devanture ? Elle n'a aucun moyen de vérifier (demi-tour impossible, trop risqué, menton sollicité par le dernier carton elle ne voit rien du trottoir inégal).

Alerte message. Super. Soupir. Tout lui, ça. Envoyer un message pour se faire repréciser l'adresse vu qu'il semblerait que ce n'est pas ce qu'il avait compris, pas là où il croyait, ah mais tu m'avais pas dit, reconnais que c'était trompeur, quand même, hein. Sauf que pour lui répondre et assurer le téléguidage dont il a à coup sûr besoin, il faudrait qu'elle puisse atteindre son téléphone, qui est dans son sac, quelque part loin sous les croustades.

Elle avise un coin d'ombre de l'autre côté de la rue, à l'angle de la cathédrale. Elle y serait mieux pour attendre. Elle envisage même un moment une combine de contorsionniste, quelque chose qui reviendrait à caler les cartons contre le mur en appuyant dessus avec le haut du corps tandis qu'elle attraperait le téléphone de ses mains libérées, gauche ou droite, gauche plutôt si elle en croit la bride qui passe sur son épaule. Ridicule. C'est bien moins compliqué de poser les croustades sur le capot de la voiture en stationnement, là, devant, en deux tas, voilà, et d'étaler aussi tant qu'on y est le contenu du sac, le téléphone, où est le téléphone, ça la rend dingue qu'il n'écoute jamais, dingue, c'est dingue de ne pas pouvoir compter sur lui pour un truc aussi basique que « tu passes me prendre à telle heure à tel endroit », qu'il puisse la laisser plantée là dans la rue à midi passé, sous ce soleil de plomb, avec les croustades de leurs dix ans de mariage sur les bras, MERDE !

Elle essaie de ne pas penser aux gens dans son dos qui la voient faire, et l'ont entendue peut-être, il est possible qu'elle ait dit merde un peu fort, les vendeuses, les clients. Elle essaie de rester digne, d'avoir des gestes posés, bien sûr que ça se fait de vider son sac en public sur le capot d'une bagnole qui n'est pas la vôtre, elle prend un air dégagé-concentré, y compris quand, voilà le téléphone, son rouge à lèvres, puis ses stylos tombent sur les pavés et roulent jusqu'au caniveau. Elle décide de les ramasser avant de lire le message. On n'est pas à deux minutes près.

Flexion (air dégagé).

Extension (coup d'œil en coulisses).

Extension et coup d'œil en coulisses et quoi ? Rideau. La pâtisserie a fermé. Porte close. Elle sur le trottoir. Affreux, d'être seule comme ça. Sans repli possible. Non qu'elle comptât se replier, non… Mais elle se sent trahie.

Le message.

Le message est énigmatique. *Moi aussi mais je ne peux pas te répondre, trop de choses à faire, je t'appelle plus tard.* C'est n'importe quoi. D'abord parce qu'elle n'a pas essayé de le joindre. Ensuite parce qu'elle ne voit pas pourquoi il l'appellerait plus tard, alors qu'il devait la retrouver ici même il y a vingt minutes déjà, qu'il devrait déjà être là. Elle sélectionne son numéro. Il ne répond pas.

De quoi parle-t-il ? Qu'est-ce qu'il a tant à faire, à part venir la chercher avant que les croustades ne fondent dans leurs cartons, puis se répandent en filets gras sur la tôle brûlante ?

Et si le propriétaire de la voiture se pointait ? Les croustades vont être foutues, six croustades, quand même, et la carrosserie aussi. Ne jamais compter sur lui. Ne dépendre de lui en rien. Elle le sait pourtant. Depuis le temps.

C'est insupportable de dépendre de lui.

La demie. Il se fout de la gueule de qui ? Il a trouvé le temps, quand on sait la vitesse à laquelle il tape, d'écrire un message pour dire qu'il allait appeler, et une demi-heure plus tard non seulement il n'est pas là, mais il ne s'est pas manifesté ? C'est n'importe quoi. Ce qu'elle voudrait maintenant, c'est balancer ces putains de croustades par terre et les piétiner menu menu, voilà voilà, incident clos, on peut rentrer maintenant, fromages et fruits ça ira bien, dix ans c'est pas non plus comme si on s'était connus enfants et qu'on ait tenu jusque-là, hein, c'est pas comme si on avait fait mentir le monde entier en s'aimant d'amour tout jeunes et pour la vie ! C'est rien, dix ans, quand on y pense…

Pour tromper l'attente, elle essaie de se souvenir d'elle il y a dix ans. Ça donne : trente ans, trois kilos de moins, les cheveux longs, les jupes courtes, encore, pas comme maintenant à se sentir trop vieille, à craindre le mauvais genre… Quand elle pense à ce qu'elle portait quand elle l'a rencontré, le nombril nu entre le bustier et le jean taille basse, la veille pour son anniversaire elle était allée en boîte, et c'était la dernière fois, toutes les filles étaient plus jeunes, la musique trop merdique, de toute façon elle s'en foutait des boîtes, elle dansait souvent à l'époque, chez elle, chez des amis, c'est comme ça qu'ils s'étaient rencontrés, chez des amis, elle en couple lui en couple, la soirée à s'éviter, le week-end d'après c'était fait… Quand elle y pense, les débuts, il faudra que tu t'en souviennes, sa meilleure amie au téléphone, n'oublie pas de te souvenir, ça passe si vite, elle avait raison, dix ans après où est l'amie, et les débuts sont si loin, est-ce qu'il y a moyen de lutter, le mariage, les enfants, le boulot, la maison. Les choix qu'a faits la femme de trente, trente-trois, trente-sept ans conduisaient-ils inéluctablement à la femme qu'elle est aujourd'hui, la femme aux croustades ?

Ou bien ça s'est fait *sans elle* ? (Et où est-elle, alors ?)

Il arrive à moins le quart. Elle a eu le temps de jeter les croustades devenues intransportables dans un container, six allers-retours, un par gâteau, les cartons tenus à bout de bras, deux qui cèdent avant la poubelle, trop imbibés, dégoulinants, elle fort digne mais sentant le beurre. Il lui ouvre la portière, elle est contente de s'asseoir, lui fait signe de passer les explications, elle sait elle sait, l'église, la cathédrale, elle savoure la clim.

Par contre c'est quoi ce message qu'il lui a envoyé ?

Il ne comprend pas, quel message ?

Comme quoi il avait des choses à faire.

Comme quoi il pouvait pas parler.

Là, d'un coup, il comprend. Et tout de suite après, il comprend qu'il n'a qu'une demi-seconde d'avance sur elle – elle comprend.

La question qu'elle se pose en premier, étrangement, n'est pas « avec qui ? » mais « depuis quand ? ». Peu importe qui est l'autre femme, elle voudrait savoir depuis quand c'est du vent, leur vie commune, combien de mois, d'années elle a de retard. Elle croyait fêter leurs dix ans. Elle n'en doutait pas. Alors que maintenant ? Le plus urgent c'est de remettre les pendules à l'heure, la sienne surtout, elle est en plein *jet lag*. Tandis qu'elle se demande, depuis quand, depuis quand, elle visualise avec une précision démente les aiguilles de la minuterie du four Siemens, celui de leur maison de vacances, elle les fait mentalement tourner en sens inverse en espérant entendre le moment venu la petite sonnerie qui signalera que *ting* ça y est et tout le temps que les aiguilles tournent elle se tient silencieuse, dans sa poitrine si elle devait décrire la sensation elle dirait qu'elle est en carton, et qu'elle cède.

J'ai dû me tromper, il dit d'un air pas préoccupé du tout, c'était un message pour ma mère. Mais il garde au coin de la bouche et dans les mains une raideur, une posture, qui la décide, elle, à attaquer :

— Tu ne me demandes pas où sont les croustades ?

LA FEMME AU HOMARD

– Vous attendez quelqu'un ?

C'est une femme qui pose la question, malgré la voix, rauque. Un homme d'ailleurs aurait sans doute davantage mis de formes.

– Non.

Elle enlève le deuxième couvert avec humeur. Ça a l'air de la contrarier, que je ne sois pas accompagnée. Comme si ça pouvait nuire au standing de l'auberge. Je regarde autour de moi : des familles, surtout, parce que c'est dimanche, des couples, c'est vrai, chaussures de marche aux pieds, arrivés là frigorifiés par le sentier des douaniers et pas pressés de replonger dans la brume, des copains enfin qui sitôt assis se partagent, mâles à droite, femelles à gauche, elles ont tant de choses à se dire. Je suis non seulement la seule femme, mais la seule personne seule. La brochette de joyeux drilles face à moi lève le verre à ma santé. En voilà de moins cul serré que Madâme, que je prends le temps de regarder aussi. Elle est massive, pâle de cette couleur de peau qui n'existe pas chez moi, entre le gris et le blanc, on pourrait dire *terne*, si c'était une couleur. Elle a les lèvres épaisses, les mains courtes, des manières brusques avec les gens et les objets. Elle me tend la carte comme elle me ferait l'aumône.

– Merci !

Je trouve tout de suite ce que je vais manger : du homard. Il est donné en entrée, et si peu cher que j'ai un peu honte, mais c'est de homard dont j'ai envie. Et aujourd'hui c'est ma journée « envies ». Alors ma p'tite, si tu crois m'impressionner avec ton regard mauvais et tes manières de phoque, c'est raté.

– Vous avez choisi ?

– Un homard, s'il vous plaît.

Contre toute attente, un sourire. Un presque sourire. J'ai dû rêver.

Alors qu'on sert aux joyeux quinquas de compliqués plateaux de coquillages (les femmes au-dessus, se les montrant du doigt, ont l'air de méduses tanguantes), je m'étire discrètement et me frotte les mains. La route a été longue. Je me suis réveillée de bonne heure pour que la journée dure un peu. Le soleil s'est levé quand j'étais déjà sur l'autoroute, et avant ça dans les campagnes les champs fumaient, je devais rouler tout doucement pour ne pas rater un virage, ne pas rater le spectacle, non plus, de ces dragons et esprits lents que l'aube tordait vers le jour à venir. Certains s'accrochaient au pare-brise, je les déchirais à contrecœur, en espérant qu'ils se reforment la voiture passée, qu'ils aient plusieurs vies de chimères à dérouler dans leurs anneaux. La terre fumait, la terre des bêtes, la puissante. C'était irrésistible. Je me suis garée sur le bas-côté. Je suis sortie attraper les nuages. Je les ai rabattus vers moi et mangés, pour être puissante à mon tour. J'ai promis d'en faire bon usage.

– C'est pas l'jour.

Je lève des yeux effarés vers le cerbère que je n'ai pas vu s'approcher. Me demande un court instant si elle est en train de me signifier qu'il n'y a pas de homard aujourd'hui (ou pas de homard aujourd'hui pour les femmes seules), avant de comprendre qu'elle m'invite, profil teigneusement rivé à la fenêtre, à regarder dehors.

La brume a tout avalé. Terrasse et clients compris. Reste un groupe de cinq personnes en train de s'équiper pour la descente. Ils s'équiperaient pour une sortie depuis une station spatiale, l'impression serait la même. Ils s'encordent puis disparaissent dans le blanc l'un après l'autre, comme s'ils s'élançaient vers un hypothétique module d'exploration en orbite autour du restaurant. C'est très beau, vaguement angoissant. La cinquième ombre, fragile, est happée à son tour.

– Qu'ils reposent en paix.

Ma nouvelle amie éclate d'un rire sonore et *paf*, me sert mon homard.

Il semble que je l'aie mérité, finalement.

Il est délicieux et je prends mon temps. D'ailleurs rien ne presse. La brume est si compacte qu'il n'y a plus de dehors, qu'il n'existe plus rien, sinon l'auberge. Il paraît que par temps clair le panorama est splendide. Que la côte est magnifique. Qu'il y a une île au loin. Mais moi je me régale de ce voyage dans les nuages. Imaginer ma petite voiture garée sur le parking me fait sourire. Tout à l'heure à suivre la route entre les murets, le temps était couvert, certes, mais je voyais encore l'océan. Je n'aurais pas cru monter si haut.

Je casse les pinces du homard, la nuée déferle aux fenêtres, l'auberge est un navire et je suis à l'abri dans la cabine du capitaine, nappe blanche, vaste serviette, couverts en argent. Je sors du sac mon téléphone, pour t'écrire ça, mon excursion, comme tout se passe merveilleusement. Je termine mon message par *Je t'm*, je l'envoie.

C'était quand, la dernière fois que j'ai pris une journée pour moi ?

Ces derniers temps je n'ai pas pu, bien sûr, mais même avant… Qu'est-ce que je faisais, avant ? Je n'ai été qu'épouse et mère. Je ne me suis pas préoccupée de qui j'étais vraiment. J'ai volé des moments, parfois. Connu l'excitation de rentrer la première dans la maison encore vide, ou de refermer la porte sur les enfants cartable au dos que tu attendais dans la voiture, de prendre un café au soleil entre midi et deux, *incognito*. *Excitation* est un bien grand mot, j'en suis consciente, mais je voudrais dire la jubilation d'être seule, de n'être regardée, questionnée, attendue, sollicitée par personne. D'être soustraite à la vue. Non pas cachée, non (je pense au proverbe), oubliée. Impensée. Inenvisagée. Virtuelle, au sens ancien. Un mot dans le dictionnaire avant qu'il soit utilisé, un élément du décor avant que des yeux se posent sur lui. Une manière de n'exister pas, de ne pas *se manifester*.

– Terminé ?

Je fais signe que oui.

– Autre chose ?

Et si je restais là, si je prenais une chambre ?

– Autre chose ?

Je fais signe que oui. Elle me regarde par en dessous. Comme je n'ajoute rien, elle va chercher la carte des desserts.

Fausse bonne idée, la chambre. Je n'ai pas fait tout ce chemin pour m'enfermer entre quatre murs. Je veux rouler sur des routes inconnues. Il y a des jours où c'est la route qui compte. L'errance. J'ai envie d'errance, et c'est ma journée « envies ».

Je commande un dessert, puis un café.

Au café, la brume reflue. Restitue la terrasse, puis l'herbe et les roches, le départ du sentier. Je me dépêche de payer. Aucune envie de voir ça. Pas envie de panorama.

La serveuse a disparu. Je règle au comptoir à celui qui doit être le patron, tout juste sorti de sa cuisine, puis je me sauve par la porte de derrière. Surtout ne pas se retourner. Je rigole. Tu parles d'un Orphée.

Pour l'errance, le secret, c'est l'allure : il faut rouler au près, louvoyer de petite route en petite route sans perdre son cap. (Et ici je ne suis pas d'accord avec le dictionnaire, errer ne va pas sans direction, ni discipline.) Moi je vais ouest / nord-ouest. Je suis le bord de mer par l'itinéraire cyclable. Si une voiture arrive en face, nous ne pourrons pas nous croiser. *A fortiori* un tracteur. Le chemin n'est même pas assez large pour qu'ouvrant la portière j'y pose le pied. Je descends dans l'herbe, directement. Je claque la portière et je m'avance un peu. Je prends une photo, le champ, les vaches, l'océan. J'ajoute quelques mots, *tout le reste gris c'est le ciel*, je te l'envoie.

Dans les villages que je traverse, il n'y a pas de troquet. Je me serais bien avachie sur une banquette. J'aurais bien ralenti (même si je ne vais pas très vite). Je ne pense à rien, sinon. Je laisse mes yeux s'accrocher aux maisons, les yeux sont comme les lézards, ils aiment les vieilles pierres. Je nous imagine vivre ici ou là, ça reste très flou, c'est la condition. Car si je m'arrête le moindre hameau s'immobilise, et il n'est plus si accueillant. La vie ne tient pas entre quatre murs.

J'aime passer. Personne ne sait où je suis. Même toi, à qui je dédie ma vadrouille, il n'est pas sûr que tu saches vraiment. Je ne suis ici pour personne.

À part peut-être pour la serveuse, là-bas, à l'auberge. Je ne dis pas qu'elle pense à moi présentement, mais si on la questionnait, ce soir, demain, elle lâcherait à coup sûr le morceau, une femme seule, oui, la quarantaine et une doudoune rouge. Elle ajouterait, définitive : elle a mangé du homard. Et ça, ça a une gueule d'indice. J'imagine les titres : *Elle déjeune de homard et disparaît ! On est sans nouvelles de la femme seule qui a mangé du homard hier midi à l'auberge !*

Avant de rejoindre la nationale, dans le dernier des ports, je m'allonge un moment sur la grève. Malgré la brume, les rochers sont chauds. J'en choisis un plat comme un museau. Sur le dos, puis sur le ventre ensuite, échouée, je fais l'étoile de mer, dans ma doudoune rouge. Demain il y a école. Je dois aller chercher les enfants chez ma mère, à qui j'ai dit que j'étais avec une amie, et qui trouve que j'ai raison de *me changer les idées.*

Mon amour.

J'aimerais maintenant rentrer et te retrouver.

Je sais bien que ce n'est pas possible, même si c'est ma journée « envies ».

J'ouvre mon téléphone. Je veux t'écrire encore. Appuyer sur la touche « envoi » et que ça parte vers toi dans l'espace. Si j'arrêtais l'abonnement, avec qui est-ce que je pourrais partager tout ça ?

Alors je tape, l'écran tourné vers l'au-delà, *Le ciel est si haut, ce soir, le ciel est si haut.*

Moi je suis en bas, malgré les dragons, les nuées, la route au bout du monde.

LE LAC

Elle a l'habitude de marcher pointu comme ça quand elle se raconte des histoires. Dans le sable de la grève elle laisse des empreintes mi-humaines mi-animales et dans les fourrés, sous les premiers arbres, elle ne fait aucun bruit. S'il y a des intrus, elle se tient immobile, tous les sens en alerte, prête à détaler. Le plus souvent ce sont des pêcheurs. Parfois des amoureux. Certains s'allongent corps à corps dans un creux de plage.

Mais ça, ça ne ressemble à rien.

Quand elle est sûre qu'il n'y a plus personne, elle quitte la lisière sur la pointe des pieds.

Elle s'amuse à planter dans le sable le bout de ses chaussures. C'est marrant, dans la pente, elle fait la danseuse. Arrivée à l'eau elle piétine un peu, tend le cou. Ça flotte pas très loin du bord.

Sur la rive d'en face, les allées du village de vacances sont éclairées. Il faut qu'elle fasse vite, c'est l'heure où son père rentre.

Elle n'arrive pas à voir. L'été quand il y a du monde au village de vacances on y voit mieux, mais là c'est l'automne et tous les chalets sont éteints, sauf un. Le pêcheur de tout à l'heure, ou un prof du centre de formation. Son père dirige le centre de formation, c'est pour ça aussi qu'il rentre tard, elle sait de quoi elle parle.

Il faut faire vite. Elle jette une pierre sur le truc. C'est mou. Ça aurait pu être un capot de bateau légèrement convexe. Elle jette une autre pierre. Non. Ça pourrait être une bâche. Le lac lui-même donne parfois l'impression d'être une bâche jetée sur le paysage dont il suffirait de lever un coin pour voir qui vit dessous, avec pour ciel l'eau mate. C'est une des histoires qu'elle se raconte, mais de moins en moins, maintenant qu'elle est grande, elle préfère jouer à faire partie des bois, imaginer qu'elle pourrait un jour fuguer et vivre là, tout à côté de chez elle, sans qu'on la trouve, aussi longtemps qu'elle le voudrait, assez longtemps pour qu'on la croie morte, puis elle reviendrait, les ravirait tous. Son père ferait des oh ! et des ah !, lui que rien n'étonne.

Le vent pousse le truc vers elle, mais elle n'a pas le temps d'attendre qu'il soit à sa portée. Elle hésite à se mettre à l'eau pour le tirer sur la berge et l'examiner à loisir. Vers l'ouest, au-dessus des montagnes, un orage silencieux distribue du rouge à intervalles réguliers, découpant les nuages à la façon d'un kaléidoscope. Le soleil n'est donc pas encore couché. Alors elle enlève ses chaussures, retrousse son jean stretch, fait un pas dans l'eau morte. Le sable roule sous ses pieds. Elle glisse vers le truc plus vite qu'elle ne voudrait. Se récupère en donnant, une fois n'est pas coutume, un grand coup de talon. Il est maintenant tout proche mais elle n'a plus si envie de le toucher. Le truc semble vivant. Disons : il semble que le truc ait été vivant, un moment. Dans une vie antérieure. Dans cette vie-là il est plutôt juste *organique*. C'est le mot qui lui vient.

L'organique, ça la dégoûte un peu.

Ça fait penser, en vrac, aux garçons qui veulent fourrer leur langue dans la bouche des filles, aux entrailles des poissons que les pêcheurs vident à même le sable, et aux amoureux qui s'allongent, hum, à même le sable aussi.

Elle, elle serait une biche. Rapide, gracile, et avec de longues jambes qui touchent à peine le sol.

Elle reste immobile, de l'eau aux genoux. Elle cille. Elle hume.

Puis bat en retraite vers la plage.

En trois bonds regagne le couvert des arbres et remonte vers le lotissement.

Il se met à pleuvoir.

Elle a oublié ses chaussures.

Le truc pris par l'averse dérive avec lenteur vers la base nautique, dont la rampe de néons sous l'auvent fait une lumière très blanche. Il flâne entre les deux premiers pontons, s'accroche aux lignes de chaîne et tourne plusieurs fois sur lui-même assez gracieusement avant de se coincer entre un bateau et le quai. À l'endroit exact où le trouvera demain un plaisancier matinal, qui criera au noyé.

LA MÈRE DE CET HOMME-LÀ

La femme du recensement me tend deux papiers. On se regarde. On se connaît, on se connaît tous, ici, puis notre histoire à nous elle a eu assez de publicité pour qu'on sache toutes les deux à quoi s'en tenir mais bon, je trouve le courage, il vient d'un coup, je lui demande une feuille supplémentaire pour mon fils.

Vous m'en donnez pas une autre pour mon fils ?

Ses doigts se serrent sur la liasse et elle a un geste de gamine pour la plaquer contre sa poitrine.

Elle s'attendait pas à ce que je lui demande ça. Elle a rien préparé, elle arrive pas à dire non. Elle sait pas comment dire non correctement. On est à deux pas l'une de l'autre, on se tient là, dans la cuisine, où je l'ai fait entrer y'a pas cinq minutes, et je la vois essayer des phrases dans sa tête pour refuser de m'le donner, ce foutu papier, mais les phrases elles tiennent toutes en une seule, qui est trop dure à prononcer.

Il est en prison, votre fils, y sera recensé là-bas.

Elle peut pas le dire.

Elle comme moi on le sait bien qu'il est en prison.

Il était comme les autres gamins, mon gamin. De ceux qu'aiment pas beaucoup l'école, mais qui se font pas non plus remarquer. Il parlait peu. N'aimait pas ça. Tient ça de son père.

Sa sœur qu'était plus grande, elle était pas pareille. Elle piaillait beaucoup. Elle remuait tout le temps. Elle avait des amis. Les amis, c'était plus important que tout le reste. Elle préférait se pisser dessus plutôt que les lâcher deux secondes pour rentrer faire à la maison. Le père il disait une pile, c't'une pile, on savait pas d'où ça lui venait, cette énergie. Même toute seule dans le jardin elle courait, elle sautait, elle parlait comme si qu'y avait une autre personne. On aurait dit une bête en cage. Le fils lui il faisait qu'à regarder. Toujours à distance respectueuse, bien calme. Ni gai, ni triste. L'a grandi solitaire. C'est ma belle-mère qui l'a fait comme ça, quand elle a vu comment j'avais raté la p'tite, qu'était tant fatigante, elle sait pas faire, elle a dit à son fils. J'ai pas eu mon mot.

C'est vrai que j'étais fatiguée. Je faisais des crises d'épilepsie et j'ai dû arrêter mon travail à l'usine. Mais les enfants ont manqué de rien. Mon mari était maçon, il travaillait dur, puis y'avait la pension de ma belle-mère.

Au procès ils ont cherché ce qu'ils pouvaient trouver pour expliquer ce qu'a fait mon fils. Moi aussi j'ai cherché. Je vois pas. Je crois qu'il a chopé ça comme moi l'épilepsie. Les experts ont dit qu'il était *carencé*. Personne savait ce que ça voulait dire. Ça veut dire « pauvre », a expliqué l'avocat. On n'est pas pauvres, a dit mon mari. Pas pauvre comme ça, a rexpliqué l'avocat, pauvre en sentiments. Mon mari s'est pas laissé dire. Il a crié à la salle qu'il avait toujours été là pour son fils, et qu'il pouvait continuer à compter sur lui. Ça a fait un silence, sa phrase, et puis il m'a semblé qu'y avait plus d'air, tout le monde respirait mieux, mon fils j'ai vu son dos se redresser un peu, il voulait pas regarder les gens qu'étaient tous venus pour le voir lui, maintenant qu'il était ce qu'il était et plus celui qu'ils avaient connu, mais il s'est redressé un peu et moi aussi, du coup, j'ai suivi, j'me suis dit, tiens-toi droite.

Si ma belle-mère avait encore été d'ce monde, ça l'aurait tuée, pareil reproche. Avec elle, y'avait pas de temps à perdre en simagrées. Les sentiments, ça lui disait rien de bon. Chaque fois que je faisais une caresse aux enfants, elle me reprenait. Y fallait que je me cache pour lisser leurs cheveux. C'est pas avec tes douceurs qu'ils vont aller droit, elle crachait. On avait honte quand elle nous surprenait. Dès qu'ils ont été assez grands, l'un après l'autre, ils se sont rangés de son côté.

Là où mon mari a raison c'est qu'on a peut-être pas eu les gestes, ni les mots, mais qu'on a toujours été là. Mon fils, même à trente ans passés et même les soirs où il buvait un peu sa paye, il savait qu'il avait sa place à table avec nous autres et un lit pour dormir. Il a habité seul un temps, quand il a commencé à travailler comme ouvrier, mais quand il a eu un poste ici il est revenu à la maison. Y'avait la place. On était plus que trois : son père, lui, et moi. Sa grand-mère était décédée et sa sœur partie vivre avec un gars. On se causait pas de souci, tous les trois. Pis on avait bien assez de mots pour c'qu'on avait à s'dire.

À l'usine il était apprécié, mon gamin. Sérieux et travailleur.

Jamais malade. Son chef d'atelier a été le premier surpris. Façon de parler. Parce que la première, c'était moi. C'est moi qu'ai ouvert aux gendarmes, quand ils sont venus le chercher. La porte en grand, pareil que tout à l'heure à la dame du recensement. Parce que maintenant j'suis toute mince, j'me suis ratatinée, en deux ans, tout ce malheur, mais avant j'étais bien grosse, et j'ai gardé les manières de ce temps-là.

Les gendarmes, ils ont demandé après lui, et j'ai eu peur qu'y ait eu du grabuge au bar, d'où il venait de rentrer *passablement agité*, comme ont raconté les journaux le lendemain. J'ai dit qu'il était en bas, au garage. Le chef a fait un signe et la moitié de la troupe est redescendue dare-dare, ils l'ont coincé à l'arrière de la maison, en train d'escalader le grillage pour passer chez le voisin et par là vers la forêt, peut-être bien, qu'est très proche, si proche que parfois l'hiver les bêtes descendent jusque dans nos jardins. Ils lui ont mis les menottes. Au procès aussi il avait les menottes, au début. Les menottes, ça lui changeait pas le visage, à mon gamin, il avait son bon visage de d'habitude, qui regarde et qu'attend. Qu'est-ce qu'il a fait, j'ai demandé au chef. J'crois pas qu'il m'a répondu. On doit lui poser quelques questions, il m'a dit, on vous tiendra au courant.

Finalement c'est les autres qui m'ont appris. Les yeux des autres. Ceux des voisins d'abord, pis des curieux, qui sont venus vite après, quand ça s'est su. Les voisins leurs yeux ils disaient qu'on était des bêtes, parce qu'on avait fait cet enfant-là, qu'avait donné cet homme-là, qu'était pas un homme. Les curieux eux ils devaient s'attendre à ce qu'on bave, ou qu'on pousse des cris, qu'on soit marqués, quoi, d'une manière ou d'une autre, ils étaient déçus de nous trouver normaux, ils nous en voulaient.

Les voisins leurs yeux quand la condamnation est tombée on les a plus vus. Ils nous ont plus regardés, comme si que ça leur faisait mal, comme si qu'on était contagieux et qu'ils risquaient de l'attraper, notre tare, rien qu'en nous regardant. Y'en a plus un qui a dit bonjour. Ils changeaient de trottoir quand on arrivait, mon mari ou moi, ils rentraient vite chez eux si on s'pointait. À plusieurs ils prenaient du cœur, s'arrêtaient de causer pour jurer et cracher sur notre passage. Des qui avaient bu des verres chez nous, attention ! des à qui on avait donné l'coup de main, pas des qui nous auraient pas connus. Mais ils se disaient ça, justement, qu'ils nous avaient pas connus, qu'on les avait trompés, qu'on leur avait fait croire, qu'on avait caché ça.

On aurait dit des chiens. Ils avaient peur et ils grognaient. Ils nous regardaient pas en face, ils levaient le nez derrière nous parce qu'ils osaient pas devant. Avec un bâton, un cri, on les aurait fait courir, mais la nuit ils venaient écrire des saloperies sur notre mur, tambouriner à notre porte.

Une nuit mon mari a perdu ses nerfs, il a voulu sortir avec le fusil, pour leur faire peur. J'vais tirer en l'air, il disait, tu vas les voir cavaler. Attends, j'ai dit, attends, et heureusement il m'a écoutée, car dehors ça gueulait, ils gueulaient tous comme des chiens qui mènent, et il a compris que cette fois il était pas chasseur, mais chassé. S'il était sorti, je sais pas c'qui se serait passé.

C'étaient eux, les bêtes. Ils voulaient qu'on paye pour notre fils. Des à qui il avait rien fait directement, qui se prenaient pour des justiciers, qui disaient que le village, maintenant, plus personne le voyait pareil. Les mêmes qu'étaient vite allés baver aux journalistes, qui s'étaient fait prendre en photo, des photos en veux-tu en voilà sur *les lieux de l'affaire*, toujours la même pose, l'air grave et la main gauche qui montre un bout de mur, ou de trottoir, certains pour la télé inventant des histoires, faisant des *hypothèses*, ils disaient que mon fils avait sali l'image des gens du coin. Des chiens.

À les voir courir les micros, j'ai compris qu'ils l'enviaient. Le gamin, il existait d'un coup comme ils existeraient jamais. C'est peut-être pour ça qu'il l'a fait, pour se sentir vivant. C'est là que j'm'en veux. J'ai pas vu que c'était pas une vie. J'ai pas voulu voir, ou j'ai oublié. Qu'il veuille pas d'amis, qu'il ait pas d'copine, j'ai fait comme si c'était son choix. J'ai pas voulu le bousculer, il est comme son père, il aime pas parler de lui, seulement de son travail. Mais au fond de moi je savais, et sa sœur lui disait aussi, quand elle passait, les dimanches.

Il a fait ça pour exister, j'ai dit à mon mari.

Quelqu'un lui aura bourré l'crâne, il a répondu.

J'ai rien dit, mais je vois pas qui, il voyait personne. Même au bar, ça l'énervait que les autres lui parlent de trop. Non, non. C'est la vie qui lui est venue d'un coup, sous cette forme-là qu'était pas la bonne.

J'ai pas besoin de ces chiens pour avoir honte. Pour mon mari et pour moi ça a été fini ce jour-là. Comme si tout le reste et l'à venir ça n'avait jamais existé. Tout consumé, et réduit à une seule chose : on est les parents de celui qui a fait ça.

Je m'y fais pas, à ce rétrécissement.

Je suis la mère de cet homme-là, mais c'est mon fils.

Je le dis à la femme du recensement, avant qu'elle parte sans me donner une feuille pour lui. Elle répond pas. Laisse traîner ses yeux sur le papier peint de l'entrée. Cavaliers sur fond de feuillage. Biche et cerf sur fond de feuillage. Chiens courants sur fond de feuillage. Cervidés. Cavaliers. Cervidés. Chiens. Combien ? Jamais compté.

Au bout d'un temps elle renonce, me tend la feuille, et on inscrit ensemble le nom de mon fils dessus.

Le parc floral est une île. L'île est un parc floral. Des navettes fluviales à liston rouge ou blanc descendent les familles, les théories de retraités, les groupes scolaires et les amoureux, une foule de gens dont l'horaire de retour figure sur le billet unique qu'ils ont acheté à l'embarcadère.

Tout de suite elle s'ennuie.

Elle est trop bien élevée pour le lui dire, et il faudrait maîtriser le français mieux qu'elle ne le fait, mais c'est immédiat, elle se demande ce qu'elle fout là.

Il avait l'air tellement heureux à la gare tout à l'heure, qu'elle vienne à lui de si loin ! Il était tellement pressé de lui montrer cet endroit, ce *jardin fabuleux*, qu'il aimait tellement ! Elle s'est laissée faire.

Ils sont passés à l'appartement le temps qu'elle pose ses affaires. Ça puait le vomi dans l'ascenseur mais le deux-pièces, au dernier étage, était plutôt accueillant. Des plantes, des bibliothèques, du carrelage blanc, une petite terrasse sur le toit de l'immeuble voisin, voilà ce qu'elle retient. Et qu'il lui cède la chambre. Et que ce n'est pas vraiment chez lui, qu'il sous-loue à une fille qui s'est installée il y a peu chez son copain.

Il lui a expliqué ça moitié en anglais, moitié en français, souriant, puis il lui a demandé si elle voulait un thé, et elle a accepté pour gagner le temps de s'asseoir dans l'espèce de vaste sofa qui occupe tout l'angle de la pièce principale, dans lequel elle aurait voulu plonger, disparaître, et auquel elle pense maintenant avec émotion. Clairement, c'est là qu'elle voudrait être, qu'il l'y ait oubliée. Mais non.

Ils ont repris l'ascenseur en se bouchant le nez, ils ont marché un long moment le long de longs trottoirs, traversé un parc coincé en bord de ville contre une rocade, et à l'autre bout, à la gare routière, ils ont attendu le bus pour le port. Au port de port il n'y avait point, mais deux pontons, un pour les bateaux à liston blanc, un pour les bateaux à liston rouge. Ils sont montés dans le premier arrivé (liston rouge), lui était excité comme un gosse, la croisière a duré une vingtaine de minutes. Une fois sur l'île, il lui a expliqué : l'île est un parc floral, le parc floral est une île.

Depuis, ils marchent.

Ils marchent au milieu des fleurs et c'est désespérant, ces parterres de bulbes tous fleuris, tous criards, semblablement peinturlurés. Elle a chaud, engoncée dans son manteau d'hiver. Elle est mal chaussée. Elle est fatiguée et voudrait qu'il se taise. Peu lui importe le nom de telle ou telle espèce, qu'il s'applique à prononcer, qu'il lui fait répéter, comme si c'était vital de les mémoriser, comme si dans ce pays savoir nommer les fleurs tenait lieu de laissez-passer. Elle aimerait souffler, mais il est emporté. Il avance par bonds d'une tulipe à l'autre et pousse de temps en temps de petits cris de joie, à la manière de quelqu'un qui apercevrait au milieu de la foule un, puis deux, puis trois visages amis. Il remonte de fleur en fleur une invisible piste, il s'extasie et elle trébuche, elle en a marre, elle en a assez. Stop. Elle est levée depuis quatre heures du matin, elle a voyagé à côté des valises entre deux wagons, elle n'a pas mangé parce qu'elle ne mange pas ce qu'elle ne prépare pas elle-même (et dans un de ses sacs elle a tout ce qu'il faut, des raisins, du riz, des épices et des boutons de rose achetés pour infusion au marché), à aucun moment il ne lui a demandé ce qui lui ferait plaisir, plaisir à elle, c'est mal embarqué, leur histoire. Elle dit : *I need a stop*, dans cet anglais approximatif qu'ils ont en commun, et il ne comprend pas : *A stop ? Why ? It's a good moment, no ?*

Alors elle se tait et se force à sourire en hochant un peu la tête. Elle pense qu'il va voir qu'elle se force, mais non, il sourit franchement, lui, très content qu'elle apprécie la visite. *A lot of people love flowers*, assène-t-il en lui montrant, dans l'allée parallèle à celle où ils se trouvent, les promeneurs en cohortes. Puis il lui prend la main et elle le suit, au bord des larmes.

Elle ne sent plus ses jambes. Ils marchent depuis des heures, ou tout comme. Elle transpire. Ça colle dans son dos, sous sa tunique, elle a peur de sentir mauvais et d'avoir des auréoles aux aisselles. Elle s'est faite à l'idée de garder son manteau, quoi qu'il arrive, ne s'étonne pas que l'île soit immense, elle a cessé de geindre, fermé les yeux. Lui, il raconte qu'il fut un temps où un bulbe de tulipe « cassée » comme celui-là valait deux maisons bourgeoises, qu'à cette fleur-ci, presque noire, on a consacré un roman entier, et que cette autre est souvent représentée dans les tableaux flamands du XVIIe siècle pour symboliser la vanité des choses humaines. Elle pourrait dire qu'elle sait, pour les maîtres flamands, mais ce serait prendre le risque de l'encourager alors qu'elle voudrait qu'il n'ait plus rien à dire, enfin, qu'ils soient au bout des mots et de l'île, face au bateau du retour.

Si elle était moins fatiguée, ou s'ils étaient à l'appartement par exemple, lovés dans le sofa à évoquer le « jardin fabuleux » au lieu de l'arpenter avec acharnement, elle lui parlerait peut-être de la toile qu'elle a eu l'occasion de restaurer à Stuttgart, une toile du XVIIe siècle justement, représentant, dans la lignée de Jan David de Heem, un bouquet de fleurs dans un vase. Au milieu de la composition, fragile au bout de sa tige rigide, la tulipe à elle seule signalait la splendeur et la misère étroitement mêlées, et comme elles ne sont qu'une. Remontant du fond noir à mesure qu'elle en ôtait le vernis, les pétales froissés étaient venus trembler à la surface, sous sa main, et c'était comme tenir un oiseau minuscule, un souffle léger, un cœur palpitant. Elle s'était souvenue alors de son père parlant doucement au rouge-gorge affolé qu'il serrait au creux de ses paumes, un jour, il y a longtemps, elle avait revu son air de fierté quand il l'avait relâché sur le seuil de l'échoppe, bon voyage, *iyi yolculuklar* ! Elle avait souri à ce père souriant par-delà les années, et la distance, ce père revenu d'entre les limbes à la faveur des lumineuses touches de blanc, et de rouge, qui infusant donnaient la fleur la plus précieuse et la plus délicate qui fût. Elle avait travaillé à ce tableau avec ferveur. Quand elle lui avait présenté la toile, son maître de stage l'avait félicitée.

Mais elle n'en a pas le courage, elle ne raconte rien, ni la magie des couleurs retrouvées, ni son père et l'oiseau. Elle ne dit pas que pour ce qu'elle en sait les tulipes sont infiniment plus belles en peinture qu'en réalité. Elle renonce à parler de son jardin à elle, tellement différent de celui dans lequel il la promène maintenant au pas de charge, parce que l'heure tourne.

Tu en avais déjà vu autant ? *so much* ? Il la tient par les épaules et la fait pivoter sur elle-même, pour qu'elle admire le point de vue. De tous côtés des parterres de tulipes, jusqu'au lac, s'insinuant entre les arbres, empiétant sur les allées, à l'assaut du moindre carré de terre, dégringolant les escaliers, recouvrant les fontaines, étouffant les rocailles. *Magic, no ?* C'est donc pour ça qu'ils ont tant marché, pour arriver là, au cœur de l'île, à la source jaillissante des fleurs. Tandis qu'elle cherche quoi répondre, il lui prend les mains. Il lui dit qu'il l'aime. Qu'il a su tout de suite, à Stuttgart. Il lui demande si elle veut bien s'installer avec lui, maintenant qu'elle a obtenu son diplôme. À moins qu'elle ne veuille plus rester en Europe et préfère rentrer chez elle ? Peut-être qu'il pourrait la suivre, alors ?

Elle cherche quelque chose à dire, mais tout ce qui lui vient c'est une remarque désagréable sur la tulipe, jadis fleur préférée de Soliman le Magnifique, aujourd'hui si bien acclimatée en Europe qu'elle n'a plus rien, banale et drapée de couleurs criardes, ni de précieux, ni d'exotique. Elle se tait donc alors qu'il répète, je veux qu'on se marie, je suis sûr de moi, prends le temps d'y penser. *Just think about it.*

Elle a fini ses études, elle n'a plus de visa.

Si elle dit oui, elle peut rester.

Elle comprend d'un coup que c'est pour ça qu'elle est là. Elle est trop fatiguée, elle ne rentrera pas.

La fracasse aussi la certitude qu'elle ne sera jamais rouge-gorge dans ses mains, jamais pétale tremblant sous son regard. Mais terne épouse, malgré sa robe vive.

LA CONSOLE

Tu crois quoi ? T'as vu ta gueule ? T'as vu ?

Tu sais ce qu'on va faire ? Tu vas me donner les clefs de l'appart.

Ta gueule ! Donne-moi les clefs ! Dépêche ! Moi je rentre, toi t'y vas, t'y vas comme un grand, tout seul, tu vois ! Tu m'as fatiguée. Je suis fatiguée. Depuis ce matin tu tires la gueule, et là, encore ? Tu te prends pour qui ? Passe les clefs ou je crie. T'as peur hein ? Regarde les meufs qui nous matent, là, tu crois qu'elles se disent quoi ? La mère et la fille. Tu crois qu'elles ont pas peur ? HÉ MADAME ! Regarde le détour qu'elles font ! TOI DONNE-MOI CES PUTAINS DE CLEFS !

Quoi ? Qu'est-ce t'as ? Tu crois que j'ai honte ? C'est toi qui vas prendre la honte. Dans cinq minutes t'as les deux qui pleurent là, si t'es pas barré. C'est pas compliqué, je veux plus voir ta gueule. Tu prends les mômes, tu te casses putain, moi je vais juste foutre mon cul sur le canapé, chacun son tour, ET MATER LA CONSOLE PUTAIN, pourquoi c'est jamais moi ?

LE TIERS IDÉAL

Elle a appelé à la maison pour me demander si j'accepterais de l'accompagner chez le notaire. Il faut que je signe un papier certifiant qu'ils habitaient bien ensemble, elle et lui, au moment de son accident.

Je ne me vois pas lui refuser quoi que ce soit. Je la trouve extrêmement courageuse, campée dans sa colère. Mais je suis surprise qu'elle me demande ça à moi. Je ne la connais pour ainsi dire pas. Nous prenons nos pauses ensemble, au boulot, rien de plus. Je suis allée une fois chez elle à l'occasion de l'apéritif qu'elle avait organisé pour fêter son CDI (et lui m'avait paru très grand, très brun, un homme sur lequel on comprenait qu'elle garde l'œil, peu causant avec ça). Quelque temps après, je les avais croisés en ville, on avait discuté mollement, debout sur le trottoir, avant qu'il n'avise une terrasse et propose de s'y attabler, ce qui m'avait permis de prendre congé car hélas non, désolée, je ne pouvais pas m'attarder davantage.

J'ignorais qu'il aimait vivre dangereusement, les engins qui vont vite et ne sont pas toujours homologués. J'avais appris ça en même temps que sa mort, un matin, au bureau.

Les choses en vrac qu'il y avait à savoir pour que ça ait un sens, je suppose.

N'a-t-elle pas d'amie pour l'accompagner chez le notaire ? N'y a-t-il pas quelqu'un de mieux placé que moi ? Est-elle seule à ce point ? J'espère qu'il s'agit d'une urgence et qu'elle se simplifie la vie en me sollicitant moi, la collègue sans histoire, pour ce qui ne doit être qu'une formalité.

Le jour dit, à 16 h 45 comme convenu, elle m'attend au volant de sa Ford. Je m'installe, mon sac à mes pieds. Je baisse la vitre. Un air humide et chaud entre dans l'habitacle. Deux jours qu'on guette l'orage. Je suis soulagée qu'elle s'engage sur la rampe d'accès à la voie rapide. Nous nous hissons entre les immeubles jusqu'aux derniers balcons et filons vers le nord.

La Ford glisse maintenant au niveau des toits, on respire mieux. Je me tourne vers elle. Merci, elle dit, avant que je commence à parler.

– C'est quoi, ce papier ?

– Une attestation sur l'honneur. Le notaire a tout préparé. C'est un document type, tu n'as qu'à signer.

– Mais ça te sert à quoi ?

– À débouter sa famille.

Elle m'explique que comme ils n'étaient pas mariés, la belle-famille regimbe. Sitôt les funérailles conclues, tout ce beau monde s'est mis à douter de la relation entre leur fils et frère et l'éplorée qui vivait à la même adresse.

– Attends ! Je croyais qu'ils étaient venus chez vous pour les fêtes ?

Elle hoche la tête.

— Ils sont revenus, d'ailleurs. Ils se sont fait ouvrir et ils ont tout vidé. Emporté toutes ses affaires.

— Comme s'il n'avait jamais existé...

— Comme si *je* n'avais jamais existé !

Elle a raison.

— Ils veulent vendre. Je dois être partie à la fin du mois.

— Ils ont le droit de faire ça ?

— Ils le prennent. Nous n'étions pas mariés et je n'ai pas les moyens de racheter sa part.

On amorce la descente. Elle conduit vite, sans à-coups. Un ralentissement dans la sortie la force à lever le pied.

— Excuse-moi de te demander ça, mais il sert à quoi, alors, ce papier ?

— Le notaire pense que les témoignages de gens nous ayant fréquentés toutes ces années peuvent peser dans le dossier, et les obliger à attendre que j'aie décidé de vendre. Ils récupéreraient leur mise à ce moment-là.

— Pourquoi ils sont si pressés ? Ils ont besoin d'argent ?

— Penses-tu !

Elle ricane franchement.

Elle a trouvé une place devant l'étude. Le notaire est une femme. Une grosse femme un peu négligée, qui m'engueule parce que j'ai une signature de gosse. Cinq minutes après, nous sommes dehors.

Avant de remonter en voiture, debout portière ouverte, elle me dit que si c'était à refaire, elle se marierait, alors que là, connement, sans raison valable, elle n'avait pas voulu. Du coup maintenant c'est comme s'ils n'avaient jamais vécu ensemble, il ne reste rien de leur vie à deux. La preuve, il faut des tiers pour en témoigner.

J'ai enfin la réponse à la question que je n'ai pas osé lui poser : elle n'est pas venue me chercher parce qu'elle est seule, abandonnée de tous, mais parce que je suis le tiers idéal. Je ne sais pas trop quoi en penser. Je ne me suis jamais pensée sous les espèces du tiers, pourtant je fais signe que je comprends. Nous nous asseyons, elle démarre. Nous prenons la voie rapide en sens inverse. La nuit tombe. Au dernier étage des immeubles, les appartements se sont allumés, maigres cuisines, chambres mal fichues. Je vois une femme essorer la salade au-dessus du vide entre elle et nous, avec un torchon et de grands gestes d'autrefois.

UNE HISTOIRE DE FAMILLE

Dans la salle d'attente on voyait bien qu'elles étaient ensemble, toutes les deux, assises côte à côte et tournées l'une vers l'autre, je comptais « un » en arrivant à elles pour savoir combien de personnes étaient devant moi, cinq en tout, avec elles, j'en avais au moins pour une heure et demie.

Chacun se tenait sur son siège, un magazine ou son téléphone à la main, levant la tête avec une belle ordonnance lorsque de la pièce à côté survenaient les bruits de chaise signalant que le docteur raccompagnait le patient précédent jusqu'à la porte sur la rue.

Elles seules discutaient, et même si je ne faisais pas spécialement attention à ce qu'elles se disaient, je fus assez vite captivée, au point de craindre, à chaque silence, qu'elles ne se soient interrompues pour de bon.

Je me demande comment il va s'en sortir, disait la plus jeune. C'est ce que j'aime chez lui. On ne sait jamais ce qu'il va faire. Il me surprend toujours.

La vieille hochait la tête.

C'est vrai, disait-elle. Il est comme ça.

Tu te souviens de la fois où il lui a balancé ses quatre vérités ? demandait la plus jeune.

La vieille regardait devant elle, les yeux dans le vague.

Tu te souviens ? insistait l'autre.

Oui, oui, répondait la vieille.

Puis elles se taisaient et j'attendais la suite en faisant semblant de lire mes messages sur mon téléphone.

Si ça se trouve elle ne l'aime pas vraiment. Si elle l'aimait vraiment, elle ne se comporterait pas comme ça. À mon avis il a des doutes, et il a raison, reprenait heureusement la plus jeune.

– Tu crois qu'on le saura ce soir ?

– En tout cas il va en parler, c'est sûr. Elle va devoir s'expliquer. J'ai hâte de voir ça. Pour le repas, j'ai acheté des escalopes.

J'imaginais un règlement de comptes familial au-dessus de tranches de viande filandreuse, j'espérais des détails. La vieille a soupiré :

– Ça n'avance pas vite... Peut-être qu'il ne dira rien ce soir. Il faudra attendre demain...

– Peut-être... Au pire demain c'est une spéciale, à 20 heures, y'en a trois à la suite, on saura forcément.

Tandis qu'elles se taisaient de nouveau, abîmées dans leurs pensées, tout entières à leurs pronostics, je les regardais sans vergogne, ayant enfin compris qu'elles parlaient d'un feuilleton qu'elles suivaient et dont les personnages faisaient partie de leur vie au même titre que de proches parents. La vieille, petite et ronde, dont les pieds touchaient à peine terre, ressemblait à un de ces chiens qu'on posait autrefois sur la plage arrière des voitures et dont la tête oscillait indéfiniment. Elle avait un air de Droopy, calée sur son siège à attendre l'œil vague que ce soit leur tour, que sa fille relance la conversation, qu'« il » se décide enfin à dire quelque chose. La jeune, qui avait bien soixante ans, était toute grise et plutôt mince. Elle faisait beaucoup de gestes inutiles, comme de prendre son téléphone dans sa poche pour le consulter et de l'y remettre, ou de rajuster le foulard qu'elle avait autour du cou. On voyait qu'elle peinait à exister vraiment et faisait de son mieux pour donner le change. Au bout d'un certain temps elle a pris un air inspiré.

– Maman ? Tu sais ce qu'on va faire ? On va couper les escalopes en deux. Comme ça on en aura aussi pour demain.

– De quoi donc ?

– De l'escalope. J'en ai pris deux, mais elles sont grosses. Si je les coupe, on en aura quatre et ça fera pour demain.

J'HABITE AVEC MA SŒUR

J'habite avec ma sœur et mon fils a tué la voisine.

C'est une vie de misère à regarder la rue.

Je prends le bus pour la prison devant le petit Casino.

Ma sœur ne vient pas. Ma sœur ne vient jamais. Elle dit qu'aussi bien ç'aurait pu être elle, ou moi.

Tuer sa mère, je ne sais pas. Mais on voit tellement de choses.

La voisine vivait seule, elle était très âgée.

Elle lui a ouvert parce qu'elle le connaissait.

Il lui rendait souvent visite.

Une habitude qu'il avait prise enfant, parce qu'elle avait des chats.

Nous on n'en avait pas, ma sœur est allergique.

Les chats de la voisine portaient tous un nom. Il parlait d'eux comme d'êtres humains.

Ces chats aujourd'hui doivent être au refuge.

Les chats au refuge et mon fils en prison.

Personne n'adopte les vieux chats.

Ma sœur et moi on vieillira seules, c'est pour ça qu'on a

besoin l'une de l'autre, même si je fais tout et qu'elle ne fait rien, je n'y arriverais pas sans elle.

Aux courses je me creuse la tête pour trouver quelque chose qui lui fasse plaisir.

Elle est toute maigre et fait très attention à son estomac.

Moi je mange pour deux, et même pour trois.

C'est mon côté ogre.

Les enfants du quartier ont peur de moi. Ils ne prennent pas les bonbons que je leur tends.

Ma sœur dit que les gosses n'aiment plus les bonbons.

À la prison les gardiens aiment les chocolats.

Quand j'en achète une boîte pour mon fils j'en prends une autre pour eux.

Comme ça tout le monde est content.

Ma sœur dit qu'ils se moquent de moi et gardent les deux boîtes, et que j'y vais pour rien, mais ce n'est pas vrai. Mon fils au téléphone pleure en me remerciant.

Il demande que je lui pardonne.

Les jours de parloir je pars de bonne heure et la lune d'hiver est encore visible au-dessus des toits. Il n'y a pas beaucoup de circulation, le bus fonce vers elle au bout de l'avenue. On dirait que c'est là qu'on va, sur la lune, les quelques-uns et moi tassés sur nos sièges.

Les jours à chocolats, entre deux parloirs, je pars plus tard et je reviens à la nuit.

Quand je rentre ma sœur est là où je l'ai laissée, dans son fauteuil, perpendiculaire à la fenêtre.

Elle ne s'est même pas fait chauffer l'assiette que je lui ai préparée.

Elle me demande où j'étais, à chaque fois, comme si elle ne le savait pas.

Je ne réponds plus.

Ma sœur m'a dit un jour que je le gâtais trop.

C'est mon fils.

Elle pense que je l'ai toujours trop gâté.

C'est qu'on avait peu.

Elle pense que je n'aurais pas dû lui payer tout ce que je lui ai payé. Il faudrait dire quoi des autres alors, qui ont les moyens ?

Le problème, c'est que je ne pouvais pas suivre.

Si j'avais pu lui donner l'argent qu'il demandait à la voisine, il ne l'aurait pas tuée.

Je ne vois pas ce qu'il y a de grave à lui acheter des chocolats, considérant les circonstances.

Ça ne peut pas faire de mal.

J'enlève mon imper, mon foulard, mes chaussures. Je vais dans la chambre ôter ma robe et enfiler une blouse.

Ma sœur m'attend dans la salle à manger, ma sœur attend qu'on mange.

Elle est toute maigre mais pas une fois elle n'a sauté un repas.

C'est moi qui mets les assiettes dans le micro-ondes, d'abord la sienne.

Il suffit d'ouvrir la porte du four en tirant sur la poignée, de poser l'assiette, de refermer, de tourner le bouton du temps sur trois, quand ça sonne c'est prêt, l'assiette n'est pas chaude, on peut l'attraper sans se brûler.

Même ça, elle ne le fait pas. Avant elle préparait le café,

c'était sa contribution aux tâches ménagères. Plus maintenant.

Mon fils a tué la voisine avec une machine à café pareille que la nôtre.

Il lui a fracassé le crâne.

Ma sœur veut plus la toucher.

La machine n'a pas été retrouvée.

Ma sœur dit qu'aussi bien ça pourrait être celle-là.

Peut-être bien qu'un jour je lui fracasserai le crâne.

ROSA B.

Un jour je fais semblant d'aller travailler. Ma vie d'auteure commence comme ça. Je m'installe à la bibliothèque devant un ordinateur, je repère dans la base de données quelques livres et revues qui m'intéressent, et après les avoir découverts dans les rayons en prenant tout mon temps, je les dispose en deux piles entre lesquelles je m'assieds. Personne ne sait que je suis là, cachée entre les volumes. Mes collègues me croient chez moi, mon mari et mes enfants m'imaginent au bureau. Je suis très sérieuse et sereine : depuis combien de temps ne me suis-je pas retrouvée seule, sans personne pour me chercher, m'attendre, me demander ce que je fais ? Entre les piles, mains bien à plat sur la lourde table de bois au bout de laquelle j'ai pris place, je respire à fond en réalisant que je ne vais plus pouvoir me passer de cette double vie. Il va falloir que j'invente des histoires pour me donner du temps : je vais devenir auteure.

Auteur, du latin *auctor*, substantif masculin (que l'on s'autorisera pour l'occasion à féminiser), « celui qui accroît, qui fonde. 1. Personne qui est la première cause d'une chose, à l'origine d'une chose. Voir *cause*, *créateur*, *principe*.

Voir *Dieu*. Voir *artisan*. Voir *fondateur*, *inventeur*. Voir *initiateur*, *promoteur*, *responsable*. 2. Personne qui a fait un ouvrage de littérature, de science ou d'art. Voir *écrivain*, *lettres (homme, femme de)* ».

Je suis convaincue d'avoir fait le bon choix : je vais promouvoir ma vie comme une auteure son livre, l'inventer de toutes pièces, m'y sacrer reine, et défendre moi-même mes couleurs !

J'aimerais bien, pour l'occasion, m'appeler Rosa Bonheur, mais le patronyme est déjà pris. Alors je garde Rosa B., comme biche, et ça tombe bien, parce que mon bonheur n'est pas si complet.

C'est ce jour-là que j'écris mon premier texte, qui est en anglais et commence comme ça :

I write in english because

Le lendemain, puis le jour d'après, je vole à mon planning quelques instants que je passe en salle de lecture à me rêver Rosa B.

Je me verrais bien vivre ailleurs. Comme je ne peux pas retourner aussi souvent que je le voudrais à la bibliothèque, je passe des heures à consulter les sites d'annonces immobilières, à imaginer toutes les formations que je pourrais faire pour changer de métier, à lire dans les magazines les témoignages de ceux qui ont sauté le pas. Je sais que je n'en suis pas capable. Les vies que je m'imagine, dans cette maison en bord de forêt, dans celle-ci au creux du vallon, dans cette autre encore aperçue depuis le train, sans enfants à amener à l'école, sans courses à faire et repas à préparer, sans argent à gagner, sont des vies de papier, des vies-paysages où se tenir immobile. Mais je n'arrive pas à y renoncer.

Je me mets à visiter des appartements. J'hésite à en parler à mon mari. Décide que non. En trouve un qui me plaît. Sur le trottoir devant l'agence, bail sous le bras, je ne sais plus quelle direction prendre pour rejoindre ma voiture. Je réfléchis à toute allure, j'ai très peu de temps, l'impression d'avoir fait un casse. Pour un peu je me débarrasserais de mon manteau dans une des poubelles du square. Au lieu de quoi je mets mes lunettes de soleil, puis m'éloigne à grandes enjambées vers la rue piétonne où je pourrai me mêler aux badauds. Je suis Rosa B., et dans mon sac il y a les clefs d'un studio dont personne ne connaît l'existence, ma planque.

Pendant presque une semaine, je me contente de passer lentement devant l'immeuble. Dans un sens, puis dans l'autre, j'épie ma propre fenêtre. C'est celle du milieu, au dernier étage. Il n'y a pas de rideau, les volets sont ouverts.

Un jour enfin, je passe le portail de la résidence et gare ma voiture au pied du bâtiment. Après avoir badgé, traversé le hall, monté les trois étages, j'entre bras ballants dans le studio vide. Je ne sais pas ce que je fais là. J'ai envie de fuir. Je prends quelques mesures, relève les compteurs, et je m'en vais.

Je reviens le surlendemain avec un premier carton. Dans le hall, sur le tableau de liège à l'usage de la copropriété, quelqu'un a punaisé une affichette de Marion Maréchal-Le Pen. *Nous sommes prêts*, dit l'affichette. Je l'arrache, punaise comprise, avant de monter. J'ai fait une connerie en louant cet appartement. Au troisième, porte droite, musique. J'ai fait une grosse connerie. Je me retiens de partir, dépose dans le studio le carton qui contient divers dossiers que je ne consulte plus depuis des années, appelle EDF. Je redescends vite ensuite, sans avoir le courage d'appeler aussi l'agence à qui je dois remettre l'état des lieux complété par mes soins. Je verrai ça après Noël.

Janvier, mois de la fuite. Tous les moyens sont bons pour s'échapper. J'ai l'impression d'habiter clandestinement non le logement, ni la vie d'une autre personne, comme dans *Nagasaki* d'Éric Faye, mais ma propre vie. Je suis surprise de la facilité que j'ai à faire mes cartons sans que personne s'en aperçoive. Bien sûr je ne prends rien qui manquerait à la maison, un peu de vaisselle tout au plus, deux serviettes éponge, un torchon, le contenu de mes tiroirs de bureau. Au supermarché j'opère avec la même discrétion, un paquet de pâtes en plus, une boîte de café toute neuve (je subtiliserai l'entamée), douze rouleaux de papier-toilette au lieu des huit habituels.

En montant ces quelques commissions, je me cogne le genou sur l'angle métallique de la porte du hall. Ma jambe droite se met à trembler, j'ai les mains prises par les sacs, j'ai peur de m'évanouir. L'affichette du Front national a été remplacée à l'identique sur le panneau de liège. Je l'arrache, avec la punaise, comme la dernière fois, j'ouvre la porte du local poubelle, à coups d'épaule, pour l'y balancer. Après il faut encore pousser la porte de l'escalier et monter. Au dernier, l'appartement est immobile. Ça sent la peinture. Je pose les sacs. Frotte mon genou. Vais aux toilettes et baisse mon collant. Ne distingue qu'un segment bien rouge, bien net, en biais sur la rotule. Je me rhabille et sors. Je suis restée deux minutes, pas plus. Serrure du haut. Serrure du bas. Escalier. Porte. Hall. Porte. Sur le parking je croise un homme fusil à l'épaule. J'ai fait une connerie en prenant cet appartement. Comme si on pouvait s'offrir une vie supplémentaire. Comme si c'était affaire de lieu.

Plus tard dans la nuit depuis la véranda de la maison familiale, j'observe les feuilles des bambous éclairées par la liseuse. Je me sens très triste. Comme si la mort en personne, la Mort, bougeait les doigts derrière la vitre, agitait les feuilles.

J'attends un peu pour y retourner. Cette fois il n'y a pas d'affichette dans le hall. Je monte en me demandant si le maniaque du panneau de liège n'en avait que deux exemplaires, ou s'il est parti en vacances. J'imagine que c'est un homme. Il me semble hautement probable qu'il s'agisse d'un homme, pour s'accaparer ainsi les parties communes. J'imagine qu'il s'ennuie à mourir chez lui et que cette guerre de position l'enchante. Je l'imagine, *Nous sommes prêts*, embusqué derrière sa porte pour surprendre le salopiot qui arrache ses affiches. Si ça se trouve ça fait un mois que je donne un sens à sa vie, quand jusqu'alors il menait sa guerre dans l'indifférence générale. La prochaine fois je ferai des moustaches à Marion Maréchal, ou lui collerai sur le pif un macaron CGT. Dans l'appartement je m'assieds. Je reste face à la table, comme si j'écrivais. Au bout d'une petite heure, je me lève et pars.

Je commande un lampadaire et deux tapis. Je me les fais livrer loin de chez moi, les porte seule jusque là-haut. Les installe. Un rideau de douche aussi, pas facile. Je nettoie les placards, déballe les cartons, lave les vitres. Puis j'attends assise à la table que la nuit arrive, pour allumer le lampadaire. Bel effet. J'éteins, disjoncte, ferme. Dans le hall est punaisé un nouveau tract, plus grand, avec le même portrait de Marion Maréchal et un message simplissime : *Marre*. Je sors mon stylo, ajoute au visage glacé des moustaches, une barbiche, un nez de cochon. J'espère que le punaiseur ne s'en apercevra pas tout de suite, sera furieux, après coup, de tout ce temps moustachu en douce.

La semaine suivante l'affiche a disparu. Reste un lambeau punaisé. Fin de la période électorale ou du stock, elle ne sera pas remplacée. Dans l'immeuble c'est calme plat. Je ne croise jamais personne. J'entends parfois mon voisin souffler en cherchant ses clefs, j'observe sa nuque par l'œilleton de la porte, il respire mal, il a l'air épuisé, il est 9 heures du matin et je jurerais qu'il rentre se coucher. Hormis ce fantôme, le bâtiment est désert. Moi-même je ne fais aucun bruit, et très peu de gestes. Je ne suis pas sûre de ce que je fais là. Je n'ai pas mis mon nom sur la boîte aux lettres. Personne ne sait que le 217 est habité. Si d'ailleurs je mourais, là, entre la table et le bloc-cuisine, il faudrait des mois pour me retrouver.

Assise à la table, j'ai le temps de réfléchir. Le mal que j'ai à venir au 217, c'est le mal que j'ai à venir à l'écriture. Comme l'écriture est omniprésente, et comme elle se dérobe. Le 217 est une planque, une adresse fictive, un faux nom. Et le geste quand j'arrive de rejoncter, juste après celui de tourner le verrou, est évidemment symbolique. J'enclenche le compteur électrique et ma vie clandestine. La vie dont je suis l'auteure.

Ce n'est pas une double vie comme une autre, n'est-ce pas. C'est la possibilité de s'inventer à chaque fois. Je commence petit, parce que c'est douloureux. Je me contente d'abord d'une vie de riens : enlever les chaussures d'extérieur, enfiler celles d'intérieur ; suspendre le manteau, mettre le gilet ; allumer le radiateur électrique ; nettoyer la vaisselle de la dernière fois ; faire les vitres si besoin ; feuilleter un beau livre ou un magazine d'art ou une brochure sur un événement culturel à venir ou passé ; écouter une émission radiophonique ; se faire à manger ; c'est déjà l'heure de partir. Je ne peux jamais rester très longtemps, guère plus d'une demi-journée, c'est la condition pour que personne ne se doute de rien, ni au travail, ni à la maison.

Puis je m'enhardis. Me maquille, me perruque, m'habille. Je joue à la banquière, à la femme d'affaires, à l'artiste peintre, à la tragédienne, à la vieille fille, à la femme fatale. Je sors maintenant, méconnaissable, faire un tour dans les allées du parc. Je m'exerce à sourire, échange volontiers deux ou trois mots avec les résidents que je croise. Je raconte que je suis chanteuse, hôtesse de l'air, restauratrice. Un jour que je cherche du travail en complément de mon prétendu mi-temps d'assistante maternelle, une dame du bâtiment A me prend à l'essai pour garder ses enfants deux après-midi par semaine. Ces jours-là, je me gare et j'ai tout juste le temps de me changer au 217 avant de me présenter, chignon serré et robe chemise, *C'est Rosa,* dans l'interphone. Quand j'en ai assez de m'occuper des enfants des autres (la grande fille surtout est désagréable), j'explique que j'ai enfin trouvé un temps plein. *Exit* l'assistante maternelle.

Une autre fois je suis secrétaire, et le syndic, croisé par hasard sur le parking, me propose quelques heures au black pour préparer l'assemblée générale des copropriétaires. Je me rends à la permanence un peu anxieuse, et quand il me demande, alors vous êtes la locataire de Mme Lemoyne, j'explique tout de suite que je ne suis au 217 que de passage, dans l'attente d'un entretien. Le syndic hoche la tête d'un air distrait et me fourre dans les mains une liasse épaisse de documents à mettre en forme. Je m'installe à l'ordinateur. Sur l'écran de veille, avant d'appuyer sur la barre d'espace pour relancer la machine, j'aperçois mon reflet. C'est un reflet vaguement familier, que j'ai l'impression d'avoir déjà vu, mais où ? Me revient le visage d'une autre. L'écran s'allume. Je me concentre sur les documents. Je découvre que la copropriété est en procès avec la résidence d'à côté, une histoire de servitude. Je rédige un historique, scanne les annexes. Quand j'imprime le tout, une vingtaine de pages quand même, je me dis que je peux être fière de moi : c'est la première fois que j'arrive au bout d'un texte long. Je connais désormais la volupté du point final. Vingt pages, la taille d'une nouvelle. Je relis du début en m'efforçant d'être objective, comme si je ne connaissais pas l'histoire. Ça n'est pas mal du tout. Dire que personne ne saura jamais que ce dossier est un ouvrage de fiction. Je n'en éprouve pas de frustration, au contraire une joie sauvage. Rosa B. est redoutable. J'évide le réel pour y mettre ma patte. Je suis *farceuse*. Personne ne s'aperçoit de rien. Je profite de la visite d'un artisan qui oblige le syndic à se déplacer au portail pour photographier mon œuvre avec mon téléphone portable. Je suis une artiste-performeuse.

Longtemps, mes performances sont sans conséquence sur mon quotidien. J'ai un rituel bien rodé. Je quitte le 217 dans les vêtements que j'avais en arrivant. Dans la voiture déjà, quand je mets le contact et que la radio se met à gueuler, j'ai repris le cours des heures officielles, je sais exactement ce que je dois acheter pour le dîner, ce qui manque dans la trousse de mon fils, s'il y a du linge à étendre ou pas, à quelle page j'en suis du roman que je suis en train de lire, combien de mails en attente et de projets dans les tuyaux. Je me prends l'équivalent d'une journée par semaine. Ça n'a pas posé de problème. Je suis la patronne, après tout, je peux bien déléguer et souffler un peu, maintenant que la boîte tourne. D'ailleurs je garde un œil sur tout, c'est moi qui tranche, *in fine*. À la maison je n'ai rien dit, n'ai pas changé mes horaires. Je rentre du 217 comme je rentrerais du boulot, ni plus ni moins lasse, ni plus ni moins énervée, la même. En apparence, la même. Mais ma vie d'auteure, ma vie dormante, m'irrigue en secret.

À l'occasion d'un colloque sur le genre dont nous sommes partenaires, j'apprends l'existence d'études montrant que les histoires véhiculées dans les livres, les films, mais aussi les dessins animés incitent très tôt les petites filles à s'identifier à des héros masculins (davantage que les petits garçons à des héroïnes). Je n'écoute pas la suite, le chercheur au pupitre a l'air de trouver ça regrettable, pour moi c'est une révélation d'un autre ordre. En effet, pourquoi choisir ? Pourquoi faudrait-il choisir l'un ou l'autre sexe, quand on peut être les deux ? Comment n'ai-je pas pensé plus tôt que Rosa B. pouvait aussi être un homme, un *king* ?

Il faudrait voir à écrire comme un homme (au moins comme Céline Minard dans *Faillir être flingué*).

L'après-midi même, dans le silence du 217, je détache une feuille de son bloc, entreprends la liste de ce que signifie « écrire comme un homme » :

– pas d'intime, de la fiction

– rien de « domestique »

– des personnages masculins

– si personnages féminins, rôles secondaires et bien clichés (note : ce dernier point n'est pas un problème pour le lectorat féminin habitué dès l'enfance à s'identifier à des héros masculins)

– un genre bien codifié : western, picaresque, policier, quelque chose de clair qui respecte en gros le schéma narratif héros / quête / objet de la quête / adjuvants / opposants/ mandataire

– voir grand, ne pas craindre de trop embrasser (note : l'adage « Qui trop embrasse mal étreint » est compris des femmes seulement, ou créé spécialement à leur usage pour qu'elles se contentent de peu).

Je prends mon temps pour imaginer un *king* à la hauteur. J'invente d'abord un réfugié, croisé dans le gris d'un lendemain de pluie, parmi un groupe d'une dizaine d'hommes, jeunes, sac au dos. Sombres et vêtus de sombre. Je pourrais facilement être l'un deux, marcher avec les autres sans savoir où regarder, sur quel visage poser les yeux. Je marcherais jusqu'au bout de la jetée, sautant parfois de bloc en bloc, et resterais longtemps debout sur le dernier, comme si j'attendais là le bus, ou que la mer s'ouvre.

Il y a le problème des figurants.

J'invente ensuite un Immortel, un gars dont c'est le drame,

et qui cite Godard, *Devenir immortel, et puis, mourir*, à tout bout de champ.

Je me rends bien compte que ce n'est pas sérieux, que je n'ai pas assez de premier degré (note : ajouter « ne pas avoir peur du premier degré » à la liste de ce que signifie « écrire comme un homme »). D'ailleurs j'ai du mal à lui donner un âge, ne sais pas comment l'habiller. J'essaie de marcher comme lui, de la table à la salle de bains, du lavabo à la porte d'entrée. Je ne suis pas satisfaite. Je ne veux pas d'un immortel lambda.

Je me postiche. Avec des lunettes rondes et une fausse barbe, c'est mieux. Mais ce *king*-là n'est encore qu'une ébauche, ce pourrait être un employé modèle, modèle et cool, travaillant par exemple dans une grosse boîte d'informatique. Où est sa différence, qui le rend immortel ? J'ai alors une idée de génie : je fourre sous son pull-over noir un coussin mal rembourré. *Rosa King* brandit son ventre comme un sceptre. Il est le premier homme enceint.

Il se filme. Il se tient de profil, mains sur les reins, et tourne son visage vers la caméra. *Alors comme ça, vous voulez savoir ce que j'ai dans le ventre ?* Puis il s'assied, trace un cercle sur une feuille qu'il a fait glisser devant lui. *Qu'est-ce que je pourrais bien mettre dedans ?* Il marque une pause. *À part un enfant, je veux dire.* Il se lève et sort du champ.

Quelques jours plus tard, à une vieille posée sur le banc près du boulodrome, *Baby King* se plaint de ses nausées. La vieille est effarée d'apprendre qu'il existe un programme de recherches sur la grossesse masculine, pour lequel il s'est porté volontaire et qui lui permet de gagner pas mal d'argent, en tant que cobaye. Elle s'offusque. Vous faites ça pour l'argent? *Baby King* ne répond pas tout de suite, expose d'abord le protocole en vigueur pour ce genre d'expérience, le suivi psychologique obligatoire, les éthologues, neurologues, cliniciens mobilisés pour observer les effets induits chez les pères porteurs. Le pire, conclut-il, c'est que si ça se trouve je fais partie du groupe à qui on a donné un placebo! La vieille met une main devant sa bouche et feule doucement. Au test psychologique, lui confie *King B.*, j'ai pas parlé d'argent. J'ai dit que je faisais ça pour l'égalité homme-femme. Rien ne bougera, sur le plan de l'égalité homme-femme, tant que les hommes ne tomberont pas enceints! Vous ne pensez pas? La vieille s'évente, elle va tourner de l'œil. C'est vrai qu'il fait très chaud. Transpirant sous son pull-over et sa barbe, *Rosa B. King* regrette de devoir écourter la conversation, mais monter les escaliers dans son état lui prend tellement de temps…

Une autre fois j'invente encore un chasseur. Je me souviens de l'homme au fusil croisé au début de mon installation. C'est un *king* à ventre plat. Il est droit dans ses bottes. Il fait une chose à la fois. Il ne s'étonne pas que le repas soit prêt quand il rentre du bois. Il pose sur la table une pièce de gibier, il aime ça, pourvoir aux besoins des siens, voir briller les yeux de ses louveteaux. Il s'assied jambes écartées, c'est bon d'être mâle. Il est l'*alpha*. Personne, jamais, ne lui a demandé ce qu'il avait dans le ventre. C'est lui qui pose les questions. Parce qu'il a des couilles. Parce que s'il n'y en avait qu'un, sur terre, à *en avoir*, ben ce serait lui.

À l'usage, *Alpha king* est un personnage attachant, mais à qui il n'arrive pas grand-chose. Il faudrait qu'il fasse un pas de côté. Il n'est pas prêt pour ça. Quand la vieille du boulodrome, qui l'apprécie plutôt, lui demande ce qu'il pense de la possibilité pour les hommes de « tomber enceints », il a un claquement de langue définitif. Elle ne pousse pas plus loin la confidence. D'ailleurs il la quitte déjà pour aller voir de plus près à qui sont ces enfants qui sifflent sur nos têtes, ah ah, systématiquement lui sabotent sa sieste.

Les enfants, comme les chiens d'ailleurs, se méfient du *king*. Ils font masse dès qu'il approche, et lui répondent à plusieurs bouches quand il demande, mais où sont vos parents ? Par bonheur il avise une maman charmante. Il lui propose de l'aider à porter une partie de l'attirail – poussette, jeux, goûter, rechanges, sac à main, livre – qu'elle est en train de rassembler. Quand elle refuse poliment, au prétexte qu'elle va y arriver toute seule, il tombe des nues. Je sais bien, que vous allez y arriver ! Les femmes ont le chic pour tout compliquer.

Petit à petit, le 217 devient le lieu de toutes les métamorphoses. Je l'ai aménagé en dressing et l'utilise comme une loge. Au centre de la pièce, sur un des tapis achetés les premiers jours, gris et profond, j'ai appuyé la table, blanche, légère, épurée, contre le haut dossier en bois d'une banquette design. À main gauche, le bloc-cuisine autour duquel je colle mes photos, comme d'autres leurs photos de vacances, les photos de Rosa B., auteure. À main droite, sous la fenêtre, les présentoirs à chaussures. Sur les murs restants j'ai fait poser, face à face, deux modules étagères-penderie pour mes deux garde-robes, féminine et masculine. Les tablettes et les cintres sont en bois, le reste en alu brossé. Le lampadaire, relégué dans l'entrée, est remplacé par une suspension baroque. Je suis très satisfaite du résultat : n'importe qui peut s'incarner là.

Je trouve pauvre, en comparaison, la maison familiale où je rentre chaque soir. Les murs colorés, les vieux fauteuils dans la véranda qui ont chacun une histoire différente, l'évier ébréché et les affaires des uns et des autres qui traînent sur la table de la cuisine, les deux brûleurs de la gazinière qui ne fonctionnent plus et qu'on oublie de remplacer parce qu'après tout il en reste trois, les livres dans la chambre, par terre et au chevet, cela *commande* trop. Je suis saisie de voir à quel point ma vie d'ici est *déterminée*, et comme le nombre de mes vies possibles se réduit dès le seuil à peau de chagrin. La femme qui vit là est forcément à mon image. Je me sens à l'étroit. Mon centre de gravité s'est déplacé au 217 et c'est maintenant auprès des miens que je fais semblant.

Je ne peux plus renoncer à ma vie d'auteure. Si je suis allée aussi loin, si j'ai avancé sans me poser de questions, c'est que ça me faisait du bien. C'est bon pour moi. J'en ai besoin. Pourtant la dépendance me fait peur, et l'envahissement. Mais j'ai dépassé le stade de la simple appétence : m'inventer m'équilibre, je tiens grâce à ça.

Jusqu'au jour où j'efface par mégarde l'historique de mon téléphone portable.

Je suis sûre de ne l'avoir pas fait exprès, c'est la faute du contre-jour, j'étais assise sur le rebord de la fenêtre et au lieu d'envoyer un message j'ai d'un doigt, d'une pression légère, anéanti quatre années de conversations. L'instant d'après je suis là incrédule, tétanisée béante, il n'y a plus rien à faire, la faute au contre-jour, tous les liens sont coupés, tous les contacts muets. Des mots d'amour, des engueulades, des péripéties familiales, des confidences et confessions, des pensées amicales et des rendez-vous, il ne reste rien. Me voici sans histoire.

Debout dans ma loge, je ne sais pas quoi faire de cet acte manqué. Je suis libre comme l'air, je ne suis plus personne. Je peux ne pas rentrer chez moi ce soir, je peux disparaître de ma vie aussi facilement que les messages de mon téléphone, en une pression de doigt, sans bruit, sans douleur. Dans l'abyssal silence du 217, comme l'enfant pour se rassurer, égarée, je fredonne. C'est un air ancien qui me vient, par à-coups, dont je cherche le nom tandis que je l'ânonne : le chant des cordelles, cette ronde qui consiste à tourner, ruban à la main, danseurs et danseuses, autour d'un mât, d'abord dans un sens pour tresser les lanières, puis dans l'autre pour les démêler, et quand la musique s'arrête les rubans pendent dénoués, on pourrait tout aussi bien abattre le mât, le désastre est complet. J'en suis là, je pense. Le désastre est complet. Je suis comme ce mât, droite sous la pluie lente des restes de ma vie. Il faut rentrer. Je fredonne. Danser.

Palier après palier, depuis le 217 jusqu'au hall d'entrée par l'escalier en colimaçon, je m'applique à renouer les fils de mon existence en fredonnant l'air des cordelles, je rattache les bribes anciennes, je redeviens.

Ils sont à table quand j'arrive, dans la cuisine en désordre. Les affaires d'école entassées d'un côté pour faire de la place aux assiettes. Les vestes jetées sur le canapé et les chaussures un peu partout. Mon mari est en train d'égoutter les pâtes, c'est lui qui me voit en premier. Il me sourit, et j'aime ce sourire silencieux dont les petits ne s'aperçoivent pas. Puis ils s'avisent de ma présence et se mettent à parler tous en même temps.

Je lève la main pour les interrompre, comme si je demandais la parole dans une réunion :

– Moi d'abord.

TABLE DES NOUVELLES

DE LA MÊME AUTEURE

Je suis la marquise de Carabas, Liana Levi, 2012.

Décorama, Liana Levi, 2014.

86, année blanche, Liana Levi, 2016.

Dictionnaire des mots en trop, Thierry Marchaisse, 2017 (collectif, sous la direction de Belinda Cannone et Christian Doumet).

Dictionnaire des mots parfaits, Thierry Marchaisse, 2019 (collectif, sous la direction de Belinda Cannone et Christian Doumet).

Que faire de la beauté ?, Les Avrils, 2022.

AUX MÊMES ÉDITIONS

CATALOGUE GÉNÉRAL

André Agard
Un lézard dans le jardin

Emmanuel Arnaud & Kumi Sasaki
Préface de Ghada Hatem
Tchikan

Claude Bartolone & Michel Winock (dir.)
Refaire la démocratie. Dix-sept propositions

Isabelle Bergoënd
Le Dagobert optique

Belinda Cannone & Christian Doumet (dir.)
Les trois dictionnaires (101 écrivains ouvrent leur atelier)
1. Dictionnaire des mots manquants
2. Dictionnaire des mots en trop
3. Dictionnaire des mots parfaits

Sophie Caratini
Les Enfants des nuages. Une ethnologue dans la tourmente saharienne

Sophie Caratini
Une trilogie coloniale
1. La Fille du chasseur
2. Les Sept Cercles. Une odyssée noire
3. Antinéa mon amour

Sophie Caratini
Les Non-dits de l'anthropologie suivi de *Dialogue avec Maurice Godelier*

Anne-Dauphine du Chatelle
La Foudre et les Papillons

Corinne Devillaire
C'est quoi ce roman ?

Jean-Philippe Domecq
L'Amie, la mort, le fils

Michaël Ferrier (dir.)
Dans l'œil du désastre. Créer avec Fukushima

Hubert François
Dulmaa

Éric Garnier
L'Homoparentalité en France. La bataille des nouvelles familles

Maurice Godelier
Suivre Jésus et faire du business

Dominique Goy-Blanquet (dir.)
Lettres à Shakespeare

Nathalie Heinich
La maison qui soigne. Histoire de « La Retrouvée »

Nathalie Heinich
Maisons perdues

Nathalie Heinich
Le Pont-Neuf de Christo. Ouvrage d'art, œuvre d'art ou comment se faire une opinion

Pierre Houdion
L'Art de nuire

Philip Larkin
Une fille en hiver
Roman traduit de l'anglais par Dominique Goy-Blanquet et Guy Le Gaufey

Philip Larkin
La Vie avec un trou dedans
Poèmes choisis et traduits de l'anglais par Guy Le Gaufey, avec la collaboration de Denis Hirson. Édition bilingue

Laurie Laufer (dir.)
Lettres à Lacan

Yvan Leclerc (dir.)
Lettres à Flaubert

Jean-Marc Lévy-Leblond (dir.)
Lettres à Alan Turing

Jean-Marc Lévy-Leblond (dir.)
Lettres à Marie Curie

Bertrand Longuespé
Le temps de rêver est bien court

Louis de Mailly
Les Aventures des trois princes de Serendip
suivi de *Voyage en sérendipité*
par Dominique Goy-Blanquet, Marie-Anne Paveau, Aude Volpilhac

Lucas Menget
Lettres de Bagdad

Louise Oligny et Clémence du Pontavice
Préface de Ghada Hatem
Réparer l'intime. L'atelier de La Maison des femmes

Michel Paulet
Si j'ai le cœur étroit, à quoi sert que le monde soit si vaste

Fred Pougeard
Via Ferrata

Daniel Raichvarg (dir.)
Lettres à Loulou dit Pasteur

Nicolle Rosen
Je rêvais d'autre chose

Perrine Rouillon
Moi et les autres petites personnes on voudrait savoir pourquoi on n'est pas dans le livre

Stéphane Rusinek
La Patiente de 17 heures

Moustapha Safouan
La Psychanalyse. Science, thérapie – et cause

Jean-Marie Schaeffer
Lettre à Roland Barthes

Jean-Marie Schaeffer
Petite écologie des études littéraires. Pourquoi et comment étudier la littérature ?

Jean-Marie Schaeffer
Les Troubles du récit. Pour une nouvelle approche des processus narratifs

Madeleine de Scudéry
Histoire de deux caméléons,
suivi de *Description anatomique d'un caméléon*, par Claude Perrault
éd. Aude Volpilhac, avec les contributions de Anthony Herrel et Thierry Hoquet

Catriona Seth (dir.)
Lettres à Sade

Michel Winock
L'Effet de génération. Une brève histoire des intellectuels français

Michel Winock
Journal
1. Journal politique. La République gaullienne, 1958-1981
2. Les Années Mitterrand. Journal politique, 1981-1995
3. Bienvenue au XXIe siècle. Journal, 1996-2002

COLLECTION NUMÉRIQUE « OCTETS »

Jean-Pierre Azéma & Michel Winock
Les Communards

Jean-Pierre Azéma & Michel Winock
La Troisième République

Diane Chauvelot
Le Monolithe facétieux. Lettre sur Lacan à l'usage des générations futures

Jean Clay
Paroles d'artistes

Dominique Goy-Blanquet & François Laroque (dir.)
Shakespeare, combien de prétendants ?

Mathilde Lévêque
Histoire de la littérature allemande pour la jeunesse

Patricia Mauclair
Histoire de la littérature espagnole pour la jeunesse

Henri Sztulman
Psychanalyse et humanisme

Michel Winock
Victor Hugo dans l'arène politique

Éditions Thierry Marchaisse

Site internet : www.editions-marchaisse.fr
Facebook : www.facebook.com/Marchaisse
Twitter : www.twitter.com/EditionsTM

Achevé d'imprimer en juin 2022
sur les presses de CPI Firmin-Didot
au Mesnil-sur-l'Estrée, France
Dépôt légal : septembre 2022
Numéro d'impression : 170694

Diffusion distribution : Cedif Pollen